生命中那些闪亮的日子

朱天衣 著

北京时代华文书局

二水站時刻表公佈欄

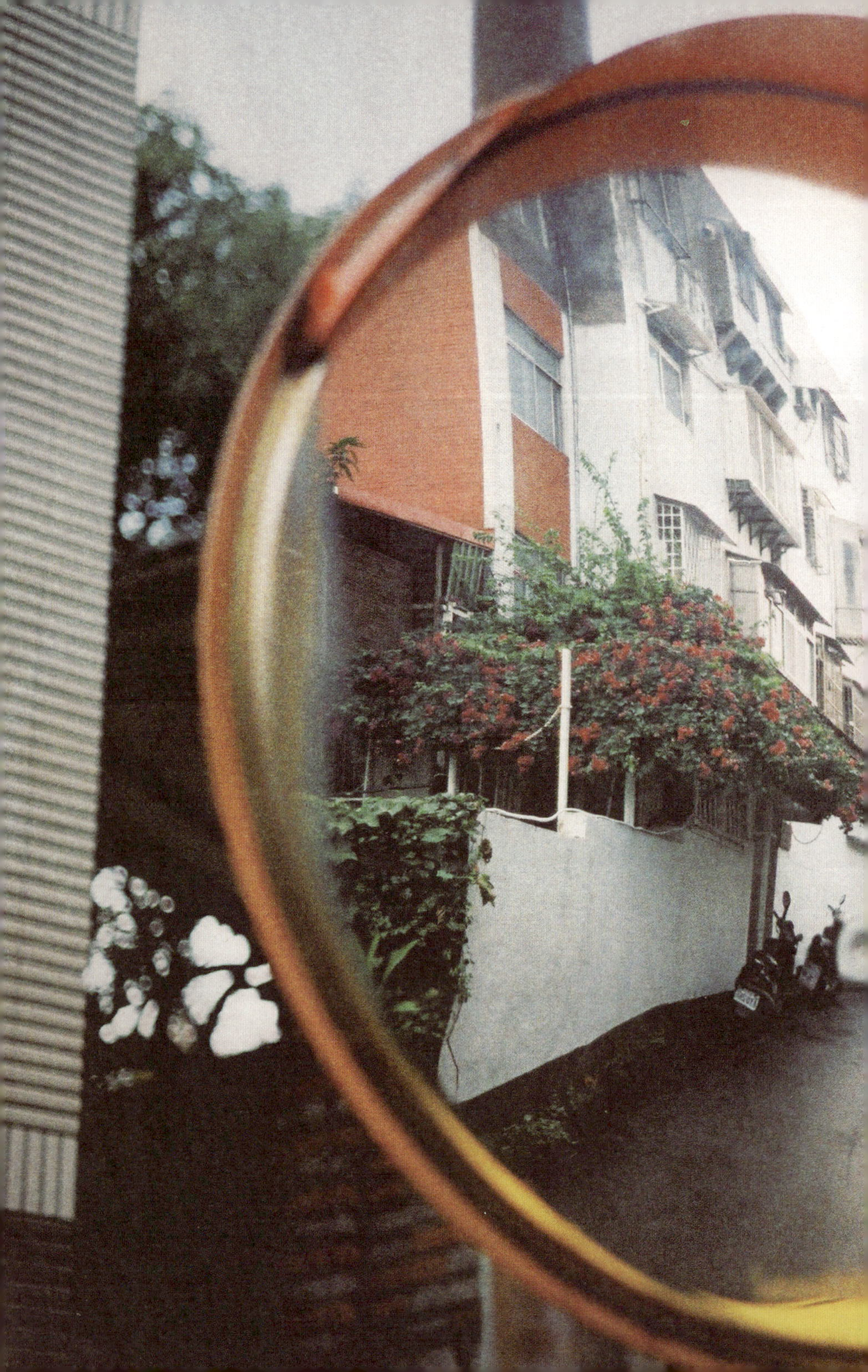

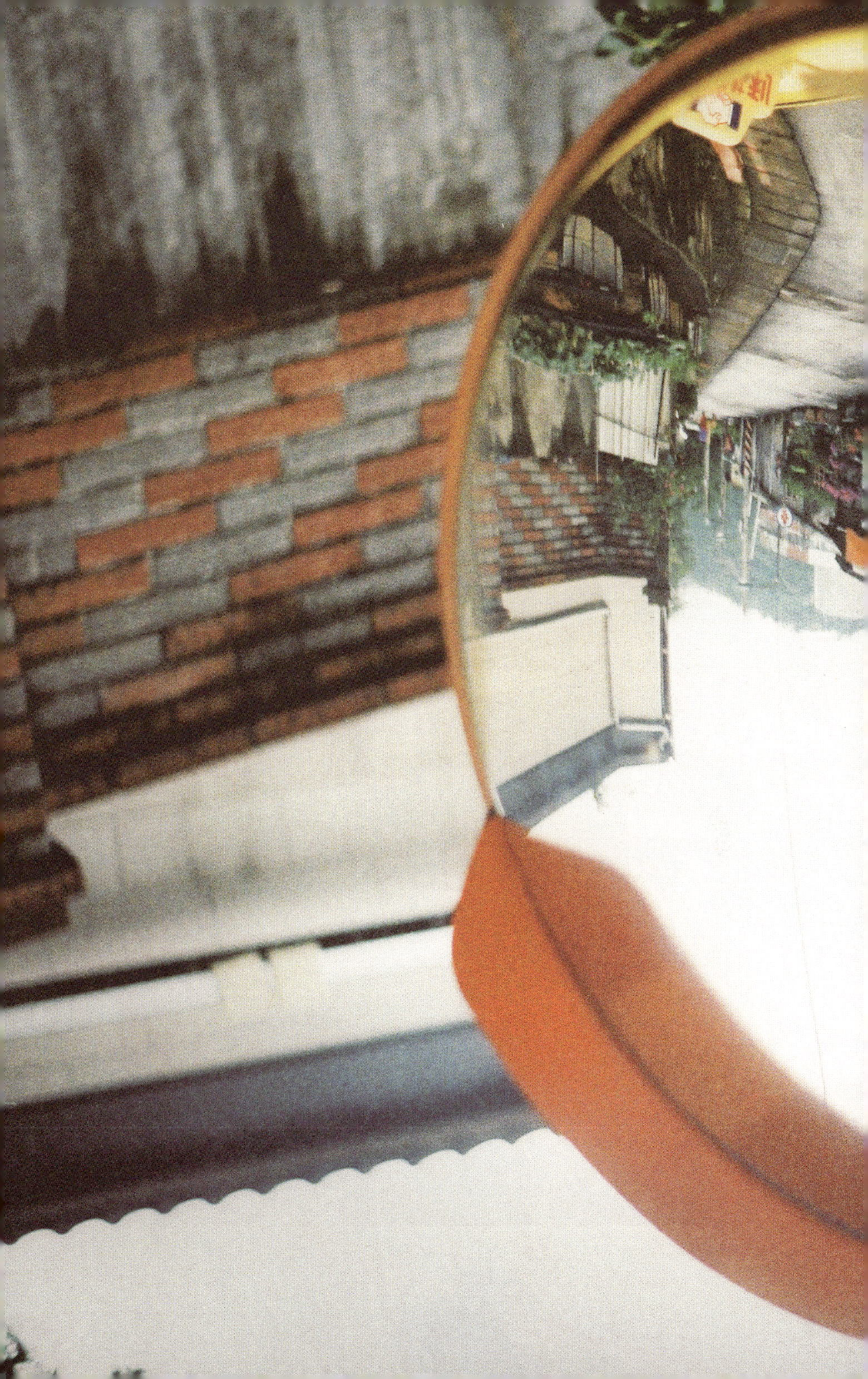

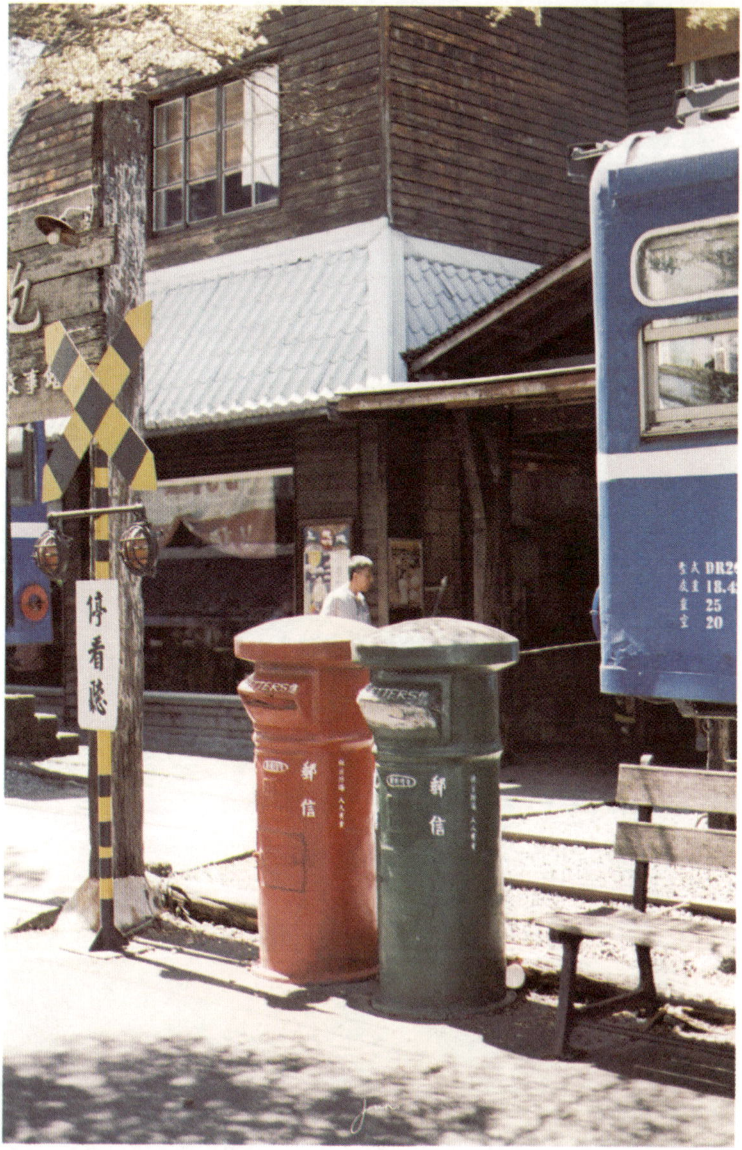

停看聽
郵信
郵信

目 录
CONTENTS

辑一 闪亮的日子

桃树人家 / 002

我们的歌 / 007

手舞足蹈 / 010

我的厨艺 / 014

我与京剧的缘分 / 017

闪亮的日子 / 022

十七岁的单车 / 027

关于灵异事件 / 030

台湾孩子们的暑假 / 035

过一段返祖生活 / 040

穿越记忆的嗅觉 / 045

花约（一）

——大阪、奈良自助游记 / 049

花约（二）

——京都篇 / 052

辑二 / 都市人的乡愁

吃在台湾 / 060

味觉的烙印 / 069

巷弄风情 / 072

如歌之行板 / 077

台湾夜市 / 084

都市人的乡愁 / 088

台湾的台风 / 093

乡野人进城 / 097

关于诗,关于乡愁 / 103

九份、金瓜石 / 112

阳明山 / 120

辑三 / 晃晃悠悠，直至终老

待老 / 132

不速之客 / 136

淀粉的诱惑 / 140

飞来横祸 / 145

婚姻不是人生唯一选项 / 149

当购物欲发作时 / 154

有些事我们应该记得 / 158

三十年后的我 / 162

教养可以这么自然 / 166

深夜食堂 / 171

旅行的意义 / 176

与雪共舞 / 181

重游京都 / 189

花海下的聚首 / 196

故土 / 202

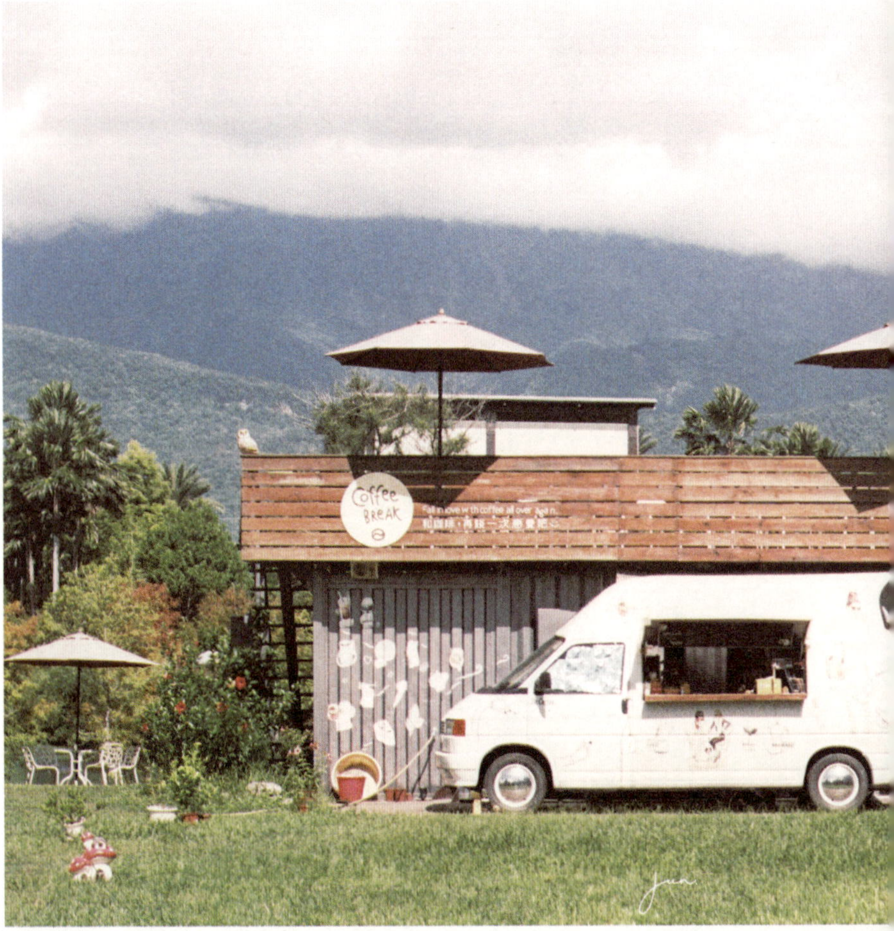
Coffee BREAK

辑一 / 闪亮的日子

桃树人家

在我升初中那一年,家里搬离眷村,在当时的台北城缘买了一栋透天厝,占地七十五平方米,建筑物两层共计九十平方米,有一圈小小的庭院,容纳一家五口绰绰有余。父母看上这社区,是因屋后有一大片山丘,对养猫狗从未间断的我们家真的是再适合不过了。

那片山丘在我们入住初期,有一个还在开采的矿坑,距我们的后院约有百米远,近不近远不远地横亘在视力所及的山腰上。有时上楼回房间,抬头一望,透过纱窗就能看到矿工们在那平台上活动,不时撞见他们从坑里出来,就着一潭池水便在那儿冲起凉来,裸着的身躯白白晃晃,那距离看不真切,也没想看真切,只觉得他们从黝黑到苍白,对比是这样的强烈。

后来一次灾变,造成一名矿工罹难,那个晌午,"嘤嘤"的哭声间歇地传了过来,有些缥缈,却又真切地就在耳边。第一次觉得死亡靠得如此近,近到好似伸手即可触得。尔后就因为这场灾变,矿场便封闭不再开采,后山那片天地便为我们所独享,狗儿放风时,后门打开便任它们恣意往山上奔腾,连猫和鸡也随意进出,那真是段美好时光。

比之于眷村的狭仄,在这新家,有着三间独立的卧房,最小的一间仅够摆放一张书桌、一席单人床,外加嵌入墙壁的衣橱,便是大姐的闺房;我和二姐共享稍大的另一间,除了两张书桌,便是三张半榻榻米的卧榻,感情好时两人入睡前可叽咕说个不停。但那时正值青春期,再加功课压力重,所以多半时候,虽睡在同一张床上,两个人却同床异梦各据一角;最大的那间则是父母的卧房,有一整面墙的书柜,后来我更大了,他们便把楼下的书房空出来给我,我连写稿也窝在这约二十平方米的空间中。

我永远记得方搬入新家时,那满溢屋里崭新的气息,新墙、新家具的漆料味,新灯具经热炙后的塑料味,虽有害健康,但在记忆深处是如此的迷人,让人有种新天新地的欢喜。

那时父亲已从军职退休,专心致志地在家写稿,每天笔耕至深夜,有时天明才入睡,隔天近午起身,早中餐便一并解决。周末时我们喜欢在四周游走,除了后山那片林地,往另一个方向去,则是一块地堑似的峡谷,沿着峡峰往上走,则可造访一位养了两头巨虎的老退伍士兵。这虎是专门拍戏用的,温驯得很,一次去,如常地把手伸进笼子摸摸它们的头,却被其中一只含住了指头,好在我并未惊慌急急抽回手,若真那么做,怕是当场就要断指了。虽像被门夹到般疼痛,但我仍轻声唤着它的名字:"金龙乖!金龙最乖了。"还好它终于松口了,但中指上已留下一条永久性的疤痕,只怪我自己竟敢去捋虎须。

我们的后墙外当时有块无人问津的荒地,便被我们开垦出一畦畦的种地,实用金牛座的我会在上头撒些菜籽,有时收收竟也能炒上一盘;浪漫双鱼座的二姐则种了大片的虎皮菊,花开时会让她想到《日瓦戈医生》里春花遍野的场景;父亲则在墙垣栽了一丛昙花,每值夏夜那清香漫进屋里时,我们便会拿着手电筒到后院赏花,最盛时可一口气开到三四十朵,有时意犹未尽,便会摘一朵进屋里,用清水供着,能赏玩好一阵子,但再久也就是一夜的工夫,真是"昙花一现"。我曾把它夹在书页里,原本白皙的花瓣却幻化成透明的羽翼,它们真的像精灵般消失得无影无踪。

住在对面的邻居妈妈,鼻子似乎特别尖,总能窥知我们家昙花又开了,隔日清晨便会上门索取那些已萎了的花朵,回去炖排骨汤,据说有治气喘的功效。绽放的昙花如手掌般大小,即便萎了,也有好大一束。昙花炖煮后是什么滋味,我一直很好奇,但也从未想尝试,那时年纪轻,觉得把如此仙灵的花放进锅中料理,很是焚琴煮鹤。

父亲还在院子中央种了棵桃树,那株桃从小苗到硕大花了几年工夫,之后春来必开得热闹欢腾。满枝丫的粉色花絮美极了,让人有种盛世的慨叹。而且它还结果,从立春到端午,那累累果实由绿转红,果皮上还有如雀斑的点点,就像娃儿粉扑扑的脸蛋,美得不输它的花

朵。我们姐妹都特爱这株桃,大姐爱花,二姐则爱果,常像孙悟空般攀在树上吃个够,我怕毛虫,是花是果都只敢远观,不敢亵玩焉。

那桃树在之后的几年愈开愈盛,与此同时,家中又恢复了门庭若市的景况,只是川流不息的文友,年龄层已从父执辈降到姐姐的同侪。在办《三三集刊》的那几年,每个月发刊时,客厅便似工厂般,堆满了一摞摞待寄的书及简讯,在那个没有计算机的时代,从写稿、编辑、校对到发送,全以手工操作,常常这期才忙完,下期书稿又待集结,因此家里永远是人满为患。

年轻人吃饭虽随意,但各个肚腹似无底洞般惊人,两口十人份的电锅永远供着热饭,米粉、面条也是炒到手软;涮火锅时,猪肉、牛肉是十斤起跳;其他的青菜、蛋类亦是堆得厨房满山满谷的,常让送货的菜贩误以为我们家是开餐厅的。有时大伙聊天聊得尽兴,错过了最后一班公交车,便只好留宿下来,女生挤二姐的榻榻米,男生则打地铺,横陈在父母房间。那几年没把父母吃垮,没令父亲的创作停顿,真可谓奇迹。

后来又办了出版社,会兴起这念头主要是为了能出版自己想出的书,那时唯有大姐大学毕业,具备发行人资格,便以她的名义筹款申请了"三三书坊"出版社。之后实际负责业务的马叔礼马三哥离开后,便由二姐和我扛下了发行与财务的工作,我还特地去学了短期会计课程,不然连账要怎么记都不知道。

一年新春方过,我们特选了个黄道吉日开张大吉,在门前挂了长串鞭炮想讨个好彩头,指望那年业绩长虹。这鞭炮当然要由老板点燃,但眼看吉时快过去了,穿着睡衣的大姐才终于在三催四请下现身,哪知道鞭炮没插稳,点燃后竟斜倾了下来,大姐情急之下大开金口喊着:"倒了!倒了!"在场每个人脸上都出现三条杠。好在那年

"三三书坊"并没倒，还因二姐几本书大卖，终于让财务转亏为盈。

《三三集刊》总共出了二十六辑，后转型为"三三书坊"，整整两年的时光，我们都过着团体生活，吃大锅饭，睡大通铺，完全无家庭生活可言。当时的我忙着谈恋爱，忙着"三三合唱团"，在接掌会计工作前，对办刊物、处理出版社事务参与不多，甚至连写作都有些漠然待之。青春叛逆也好，感觉私密生活被搅扰了也罢，总之，这些来来去去、后来在文坛都颇具分量的人物，我始终把他们定位在"姐姐的朋友"而已。当时大环境中的年轻学子多忙于出国留学，或为未来的前途绸缪，而这些憨直的文青们，却把心神全投注在旁人眼中的无稽之志，他们绝对称得上是异类。而如鬼影般飘忽其间的我，更是异类中的异类。

而后，随着男孩们一个个服兵役，女孩也各有自己的心事，写作又回归到各自关起门来创作的境域。然见山又是山后，家中除了我之外的四支笔都更形强健且柔韧，后来再加上姐夫、外甥，一屋子埋首写作从未间断。比之于当时众人荟萃的百花齐放，如此涓涓书写，更是大清地宁吧！

如今每每回到这已有四十年的老屋，回味曾在这儿度过的年轻岁月，真的不敢相信它曾容纳过那么多、经历过那么多。屋后那株灿灿然的桃树早已不在，后院山坡也已被栉比鳞次的参天华厦所盘踞，物换星移都不足以形容。是的，环境会变迁，时光会流转，但世间仍有许多人与事是永远存在的，只要还能握笔，只要还能书写，什么都可能传承下去的。

我们的歌

前些时日，睡前听了一张CD，是1970年代红极一时的卡朋特兄妹（The Carpenters，又译作"木匠兄妹"）的专辑，顿时所有青春往事全涌现眼前，许多沉潜脑海的人与事，不请自来地一一苏醒，诚如他们兄妹的代表作《昨日重现》般，迅即把人拉回到那既遥远又好似昨天的年轻岁月。

那时还没有CD，更没有MP3，连录音带都还未出现，户外郊游得带着一台颇为笨重的唱机。唱片也是化学橘、荧光绿的，十分艳彩。到了目的地找块平坦的石头，哗啦啦地放送出那从不曾深究到底在唱些什么的西洋歌曲，《老鹰之歌》《恶水上的大桥》……当然还有那听到耳朵都要长茧的卡朋特兄妹低沉的嗓音。

台湾当时所谓的流行歌不是走东洋演歌风，就是刘家昌、琼瑶系列的靡靡之音。在同侪之间听这样的歌是很逊的事，所以不管你喜不喜欢，只要大伙聚集时，或舞会，或郊游，无可选择的就是这些我们自以为比较有水准的英文歌曲。

在流行音乐这部分，最早有李双泽、杨祖君开始吟唱自己的创作，同时也出现了一些素人老歌者，如陈达抱着月琴吟咏《思想起》，后来则是杨弦以余光中的诗为词,创作了一系列的专辑,如《乡愁四韵》《民歌手》《回旋曲》,算是校园民歌的先声。后来参与金韵奖征选活动的大专院校学生能达上千人,多少都受到杨弦的激发吧!

其实,我参加金韵奖时是不甚积极的,十六岁的我,心力多放在京剧及合唱团上,这两者都是需要花死工夫练就的,相较之下拿把吉他弹弹唱唱,在我心里是颇为取巧的事。且在当时以新格唱片公司为主导的金韵奖,仍难脱商业取向,并没有要为台湾音乐做些什么的理想,至少在我所参与的过程中,是这么感觉的。其中不少歌手,如唱红《雨中即景》《阿美阿美》的王梦麟,后来便曾哀怨地说,他只是想当个歌星,不知怎的就被归类成了民歌手啦!

所以即便"金韵奖",乃至后来歌林唱片也跟进的"金曲奖",曾造成一股不小的风潮,但所谓的校园民歌在我的青春岁月,仅止于浮云般轻轻地掠过了。

而后再回头看这时期的校园民歌,当然有它值得肯定之处,至少它汇聚了许多创作人才,且不管是作词作曲者,或是歌手,多来自校园,也因此带动了年轻一代的孩子,开始肯听自己的歌、肯唱自己的歌。记得初遇齐豫时,她还未参加金韵奖的选拔,邀请她的团来我们学校表演时,唱的还是瑞典"阿巴合唱团"的歌,她唱《橄榄树》《欢颜》都是后来的事了。

所以说如我这般世代的人,中学前听的是西洋流行乐,稍长陪伴我们读书、恋爱,乃至初入社会的,则是校园民歌。而后校园民歌虽因滥觞而退了流行,但这些词曲创作人及歌手转战流行音乐,也无往不利,让台湾音乐在华人世界里,始终占有很重要的位置。

每个世代都有属于自己的歌,或可说属于自己的歌者,齐豫、蔡琴、潘越云、苏芮是我们这个世代最具代表性的歌手了。大多数的人成家立业后，会有很长的一段时间，不再追寻音乐带来的感动，以致对流行音乐的记忆都定格在年轻岁月里。当我们嗤之以鼻于饶舌歌的不知所云，大概就如同听白光、周旋的长辈们对寡淡的校园民歌的鄙夷一般，这似乎是永远无法跨越的代沟。

最近在看桑格格的《小时候》，其中一则写到小学四年级音乐课时，她上台选唱的是《跟着感觉走》，这让我备感亲切，苏芮这首难得轻快的曲子可是永远在我的K歌榜上。算一算当时台湾火红的流行乐，约莫要晚个十几年才传到大陆，也因此意外地使我和彼岸的一些晚生们，是听着同样的歌长大的。当我们如数家珍地唱着那些歌时，会让我时光倒置地误以为我们是同一个世代的人。

在我女儿成长的过程中，为了跟上她的步履，我也曾努力地去听属于他们的歌，但却永远也欣赏不来像含颗卤蛋在唱歌的周杰伦，也常被呐喊的五月天搞得头疼宿疾复发，唯能接受的就是常唱轻松小品的梁静茹，她的《丝路》挺好，《崇拜》更是深获我心，那歌词与MV，完全是我年轻时一段恋情的真实写照。但我之所以愿意接受她，应该还是和她的曲风十分贴近校园民歌有关吧！人的胃口一旦养成，真的是很难再改变的。

每个世代总有自己专属的流行音乐，当那熟悉的旋律响起时，已不再是好不好听、政治正不正确的问题，而是它所释出的记忆，会瞬间将你拉回到年轻时光，纵有许多爱恨怨嗔，经过岁月冲刷，筛选出来的都是宝石，都是值得被珍藏的。所以，我也终于明白，当许多老一代受过殖民统治的长辈，在听东洋音乐的时候，他脑海中萦绕的是如黄金般璀璨的青春时光，和统治他们的日本帝国主义是并不相干的。

手舞足蹈

如果把世人分成两种，一是会跳舞的，一是不跳舞的，那我应该属于前者。当旋律轻扬，当鼓声"砰砰"作响，每个细胞似都苏醒了，身子便不由自主地想跟着摆动，重节奏的摇滚如此，饶富民族风的丝竹乐亦如是。总之，舞的魅惑是我心底深处一只蠢蠢欲动的小兽。

长大后父亲常拿我在幼儿园表演这件事说笑，台上所有孩子唱唱跳跳好不开心，只有我一个认真得不得了，跳个幼儿舞认真得像农人在耕田，所以我如此诚恳看待舞蹈是自小即如此的。小二那年运动会大会舞"小兵与小丑"，排练时所有孩子动作设计得都一样，直至演出当天才以单排、双排分派角色，当场我变成个小丑被画成大花脸，那伤心呀！觉得自尊遭到严重的贬损，几乎是在哽咽中完成那场表演的。唉！三百来人的大会舞，除非太过出格谁会注意你？但我真的是能把这种团体舞认真跳成个人秀的怪胎。

而后类似的团体大会舞，练习、彩排时，大太阳底下跳同样动作不下百次，跳得所有人都怨声载道的，唯独我一人乐在其中。尤其是初中那场"迎嘉宾"，穿着小凤仙装，手舞着一只摔不破的塑胶盘，明明伙在众人中，却像所有聚光灯都随着我满场飞舞，陶醉得嘞！而后学姐们的毕业典礼，我也不放过地率队参与，自编自跳的是原住民舞，动作全凭想象设计，一样跳得不亦乐乎。

后来读专校加入京剧社，没学两年便大胆挑战《贵妃醉酒》，那是出连唱带做极考验人的花衫戏，其间还有下腰、卧鱼等高难度的动作，我凭着年轻憨胆向科班出身的年轻老师学了几个月，就大邋遢地上台演出，一样自我感觉良好地完成了这场梦寐以求的个人秀。直至后来到文化大学拜尚小云嫡传弟子梁秀娟老师习艺，才知道京剧中的举手投足都需要深厚的功底，所有旦角看似婉约的身段，却都饱含着一股劲道，那纤纤的莲花指是柔韧到扳也扳不开的。

京剧、昆曲中的舞含蓄、内敛，即便是《霸王别姬》的舞剑、《天女散花》的彩带、《思凡》的拂尘、《游园惊梦》的团扇，除了依剧情所需不宜舞得张牙舞爪（如虞姬在自戕前那段舞双剑的"十面埋伏"，就绝对要把舞技摆在情感之下，如何在舞动中表现对项羽的痛惜与不舍，才是这段舞剑的精髓），较之于边陲地区少数民族的舞蹈，汉族对身体的律动似乎也比较走中庸路线。

越南方的民族舞姿越繁复，京剧虽也讲究眼不离手，莲花指划向哪儿，眼神也随之飞向哪儿，但比之于傣族孔雀舞的曼妙多姿（舞者的手肘、膀臂似乎没一根骨头是直的），真是老实多了；若往北走来到日本，这大和民族的舞姿则简约得像他们的人偶，不讲究身体曲线的呈现，连手势亦只有掌形，这和泰国舞、印度舞高度运用手腕手指的华丽舞姿，真有地远天差之别；蒙藏舞舞起来则只看见长袖漫天飞，是连一根手指也看不到的，这和北方严寒之境有关？所以不宜在手上做文章？

也因此再往北去，哈萨克族的舞就全靠腿劲了，一双手只用来保持平衡，而芭蕾更是把脚上功夫发挥到了极致，另一个不遑多让的足技，就是爱尔兰人的踢踏舞，一人踢踏或双人踢踏看的是技术，当数十人、上百人整齐划一的踢踏，呈现的便是震撼人心的磅礴大气。同样讲究脚底动作的弗拉门戈，则是最叫人血脉偾张，每个舞者都像个活火山，所有的爱恨情仇全隐藏在那爆发力十足的身躯里。一个顿足、一个旋身、一个昂首都是饱满的，都是强烈的。即便是双人共舞，即便身体没任何接触，但那张力可是胜过任何缠绵的。

这西班牙的弗拉门戈让我见识到身体真的可以传达超出想象的讯息，而且那力与美已远远超越形体，舞姿的美不在身躯曼妙与否，胖壮的男女在举手投足间一样可充满媚惑，新疆的舞蹈亦如是。去年在北京，看到聚集在北海公园的新疆人正放着音乐共舞，舞者多是大妈、大叔，但他们舞得真好，让人觉得是要有了年纪才舞得出那股韵味，只可惜没看到最欢快的那支《黑走马》。

我也发现了新疆人即便在男女共舞时，一样是没有肢体接触的，这是东西方文化的差异？在国外，没有男女授受不亲的避讳，舞会是一种社交活动，尤其在青少年阶段，更可经由如此正大光明的碰触，满足对异性的想望。我们这一代年轻时，舞会是被禁止的，但越是禁止越是吸引年轻人去做，找间没大人在的住家，有个放得出音乐的唱盘，窗帘拉上，灯光调暗，就能办场我们那个年代的派对。群魔乱舞的迪斯科、缓慢节奏的布鲁斯、稍有难度的吉鲁巴，不管舞技如何，即便只会左摇右摆的布鲁斯也没关系，敢约女孩就好，因为当时办派对，与其说是跳舞，不如说是那个年代唯一能探索异性的机会吧！而后舞禁解除，社会风气大开，年轻人反而不再跳舞了，零星看得见的只剩像耍特技的街舞了。

现在大概只有大妈们还跳舞，一度流行韵律舞、扇子舞、国标舞，后来也风靡过一阵扭腰摆臀的肚皮舞（老实说它真的比较适合关起门来跳给自己人看)。最近时兴的则是排舞,大家排成一排各跳各的,即便如恰恰、探戈、华尔兹,动作也设计成可一人独舞,这也许可减少一些家庭纠纷(跳国标舞若碰上一个好舞伴是很难不动情的),但难免让我想起儿时唱的歌:"一个人跳舞多么寂寞,两个人跳舞多么快乐……"如今个人主义盛行,连舞蹈也未能幸免呀!

我的厨艺

初中升二年级的暑假,我便自告奋勇接下家里厨房的工作,这对忙于写稿且入庖厨已二十年的母亲来说,无疑是种解脱。在此之前常看她开着冰箱气急败坏地抱怨道:"做什么好呢?烦死人了。"还好,至今已浸润柴米油盐酱醋茶长达四十年的我从没这份焦虑,只会烦恼食材忒多,肚腹能容纳得太少,尤其入冬后菜圃青蔬盛产时。

那年暑假,每天早晨从母亲那儿领了买菜的钱,拖着带轮的篮子,走半个钟头到最近的市场采买一日所需,时隔四十年,至今仍安然存在的传统市场,规模虽小却也五脏俱全。我会先到米粉汤摊子前吃个早餐(这真是美好的开始),接着便在各摊贩前选购午晚餐的食材,或鱼或肉或蛋或菜的,各式排列组合变幻出不同菜肴,这是洗手做羹汤最有趣之处,而且母亲给的菜金是固定的,如何在最减省的情况下(或因此还可为自己抠出点零用钱),做出美味且看来丰盛的佳肴,是很考验智慧的。

首先大鱼大肉最好别选,这太耗钱了,宁可买一小块肉,切成丝热炒后铺在青蔬上,既美观又诱人,更省的是买些绞肉做下饭的鱼香料理。至于鸡蛋,虽不能当主角,但可权充四菜一汤中的二线,只是要常换花样,所以如何整治蛋,我是很有心得的。至于真的配角豆腐、豆芽、茄瓜之属，费点工夫烹调，会是比红花还抢眼的绿叶。

当然以十四岁的年龄要想做出如何惊人的美味是太强人所难了，但长时间主馈下来，家人倒未有任何怨言。如今回想起来，父亲是因为随和，母亲、姐姐的溢美赞辞，多少有着安抚成分，唯恐我哪天不爽罢工了，就要大祸临头地接手厨房工作吧！但当时年幼的我还真以为自己天赋异禀，更加乐此不疲地往庖厨里钻。

后来家常菜满足不了我越发天马行空的手艺，于是连宴客也包办了，还好那阵子出入家里的多是同年纪办杂志、出版社的儿郎们，量的充裕往往比质的讲究重要，所以倒好应付；若真碰上父执辈来用餐，便只好找食谱求救了。那时节台湾几乎只有傅培梅出的料理书可供参考，大家出国留学、结婚成家，行囊嫁妆里都少不了她的食谱。

她的菜多是外省口味，大江南北全包含在里头了，初时宴客必备的葱油鸡、糖醋鱼、咕咾肉、烩什锦、宫爆鱿鱼、京酱肉丝、瑶柱菜心、冬瓜盅、八宝芋泥，都是从她书里学来的。从不照规矩走的我，模仿久了渐渐不老实起来，在外头吃了什么对味的菜肴，回到家来便靠想象揣摩一番，有些则是自己研发出来的私房菜，家人当然就成了我的小白鼠，就算没人捧场，家里狗猫多，这些失败作品终有消化之处（最糟的一道菜，便是将鹌鹑蛋投入蛋汁中混炒，其结果是一盘无滋无味的"混蛋"）。

在所有虚或实的夸赞中，最记得的就是父亲说我好本事，煎条大黄鱼居然一人就搞定，他看过别人家宴客，得出动三口人才将同尺寸的黄鱼给翻了个身，这赞美我怎会忘怀呢？也许正因为家人把我捧成这样，我竟然艺高人胆大地连同侪办派对也敢接下调酒、做点心的任务，尤其那鸡尾酒只要以高粱酒、苹果西打做基底，再加入时令鲜果丁即可，这也是我自创甚获好评的杰作。

我的厨艺达到最高峰，当属为外公祝寿席开五桌，那天只有母亲打下手，负责端盘上桌，其余煎煮炒炸蒸全由我一人在外公家那间老式厨房搞定。前一天除了采购，还先将卤味煮透，上桌前切排整齐，冷盘便有了；已煮至软嫩的红烧牛腩，热滚勾芡铺在烫好的生菜上，和蒸妥剁好淋过油的葱油鸡（其上铺就的葱姜丝很有遮丑作用）便是美美的两道主菜；其他几式热炒食材先切好，下锅三两分钟便可出菜，同时间另口锅子早把凤翼鸡翅滚过油，起锅前裹上蚝油葱段烩煸一下即可上桌；至于外公特爱的螃蟹，碍于人多只得舍去拿手蒜香焗烤的方式，采洋葱蛋香爆炒，一样好滋味但食材费用可省多了。如此再加两份汤水，五桌十二道菜汤、点心带水果，台币不到万元就搞定了。

办桌考验的固然是厨艺，更大的挑战其实在管理，菜单拟定、采买经费管理、出菜时间掌控……一环扣着一环，哪个部分都疏忽不得。之后在参加诸多婚丧喜庆各式宴席，每当出菜中断令人好等时，我都忍不住想进厨房一探究竟，看看能否添手帮个忙。最严重的一次是场婚宴，菜出到第七道便停摆了，全桌识与不识的人话都讲完了，又枯坐了近半个钟头，上菜还遥遥无期，我那性急的另一半便很失礼地拉着我退席了，至今我仍很好奇那第八道菜是个什么东西，会把所有人都给困死在厨房。

现在我的厨艺已退化到一定地步，除了另一半毫不讲究吃（三餐有便当即可，连出国旅行亦如是），也和年纪有关，年龄愈大愈想吃食材的原味，尤其是青蔬海鲜，几乎只要煮熟即可；近年食肉量递减也让厨艺难有发挥余地，但少了裹粉、煸烤、油炸、勾芡等繁复手续，厨房变得简洁了，身心也素朴了，而且这也许是对抗现今所有食品安全问题的最佳利器吧！

我与京剧的缘分

这二十多年来，国家京剧院不时来台公演，除了非典流行期，几乎维持至少一年一次的频率，这在我们家是重要事，因外甥海盟是国家京剧院的铁粉，准确说应该是于魁智的铁粉，喜听老生戏的他绝不会错过于魁智来台的每一出戏。在我年轻票戏的那个年代，肯入剧院看京剧的同龄人已是少数中的少数，到他们这一代像海盟如此的戏迷，则似濒临绝种生物需受到保护的，因此姐姐的几位挚友很有默契地会想办法取得票，供这薪火独苗继续燃烧着，而我则有幸常能陪伴一起观赏。

我们这两代戏迷其实都是父亲培育出来的，海盟称得上的学前教育约莫就是京剧了，那时电视台还有戏曲节目，下午时分便常看到他们一老一小坐在客厅看戏听戏。待小的开始入学读书习字，做外公的便会把节目录像下来，放学后再老小一起共享。即便父亲过世，外甥小儿也还一直保持着这习惯。记得曾有一文友来家撞见海盟抱着猫坐在沙发上看戏的画面，直呼好似时光倒置误入亲王府，那份怡然自得仿若贝勒爷再世。

我随着父亲看戏也是从孩提开始，那时家里还没电视，每逢好戏登场，父亲便会带着我至邻村诗人洛夫叔叔家观赏，其实幼龄的孩子对京戏哪会感兴趣，我更珍惜的是能和父亲独处共享这件事，虽来回路上，我们父女交谈不多，但那昏暗路灯下一大一小的身影，是我童年无法磨灭的记忆。

而后真正勾起我对京剧的兴趣，却是现场观戏时，看到旦角那一身的璀璨行头，尤其那装饰在发际间一颗颗鸽子蛋大小的红宝石，更是让我神驰。若说而后会有登台唱戏的想望，那些亮晃晃的宝石、水钻，对金牛座的我来说，真是功不可没。

我初中毕业后念的是台北工专，在当时是专科学校的第一志愿，课业非常重，我却一头栽进京剧的世界不能自拔。从《五花洞》热闹戏的潘金莲起始，又唱了《红娘》，《法门寺》中的宋巧姣，乃至而后的《贵妃醉酒》。每学期一次的公演，几乎占去了我所有该读书的时间，以至于每当有人惊诧我念工科学校进一步询问我念的是哪门科系时，只要父亲在场一定会代为回答"台北工专京剧科"。虽是笑话，但以此说明我在工专的三年多岁月，却是再精准不过了。

在我学习《贵妃醉酒》的时期，社团里聘请的同是票友的老师已不太能满足我的需求，除了拜一位科班出身的职业演员为师外，还常常跑剧场。有时独自一人，有时伙着同伴，买张最廉价的学生票进场，再伺机往前挪移，我们的行径虽引人侧目，但年轻人肯看古董级的戏曲，是值得鼓励的，票务人员也就睁一只眼闭一只眼随我们了。

那时的京剧演员都有一定的水平，四大名旦在台湾也都各有传人，而我们这些半路出家的小票友也各有所师，当然我们是不够资格向这些名角拜师学艺的，能做的就是亲睹他们的演艺，仅是《贵妃醉酒》便至剧场看了几十次。另一种学戏法便是听录音带，当时不知从哪儿弄来梅兰芳的《女起解》及《三堂会审》，应是梅晚期录制的，嗓音有些沙哑，但韵味十足。另还有杜近芳的《白蛇传》，这些带子经我反复听了不下百回,最后都寿终正寝了。不过也有人跟着录像带学,最后动作全是反的,还得矫正过来从头学起。

我们这些业余票友学习勤恳,却不保证演出如常,每次登台总是状况百出:龙套走错位置、宫灯纠结在一块、身上配件不是丢了这个就是少了那个是常见的。最扯的是扮报子的,梳妆打扮好却没等着出场,整出戏演完也没察觉他的不存在。还曾出现过《辕门射戟》的吕布,一箭射中一旁校卫的心口;虞姬则是把双剑舞折了,只见她使劲一扳,那剑又恢复了原状,真个是巾帼女杰,气势不输西楚霸王。

我演《贵妃醉酒》时,宫女需五对十个,工专女生实在少,只得抓姐姐、朋友来凑数。大姐天文和一友人负责随我身后掷长柄团扇,每当贵妃或舞或坐时,她们便可将那沉重的物件支在地上休息片刻,但因没人提醒,她们俩便似苦力般地从头扛到尾,豆大的汗珠把妆都冲花了。

当然我们这些扮家家酒似的演出全是自娱,台下的观众多是亲朋好友,自不会要求什么。但职业演出就不同了,海盟曾到后台拜会过于魁智,那天唱的是伍子胥,包括了《文昭关》《浣纱记》《鱼藏剑》《刺王僚》。整场戏下来,歇下的于魁智大汗淋漓像浸了水一般,这拼了命、铆足了劲儿的演出,也就是台下戏迷热爱他的原因。他和李胜素一样,唱功、做功好,扮相又佳,真是祖师爷赏饭吃的天之骄子,想不为他们着迷也难。也难怪他们连年来台公演,总是场场爆满,一票难求。

我其实更喜欢的是国家京剧院推出的老戏码,如三国的折子戏,每一出都是经典,故事早耳熟能详却百看不厌,如中国古典的章回小说,每重看一次便有不同的体悟。其他新戏,包括梅兰芳新编的戏,如《西施》《太真外传》《洛神赋》等,多了华丽的布景,反而局限了想象。传统戏台上的桌椅，可以是窑洞，可以是山丘；那之外空落落的舞台可以是闺房、高院，也可以是朝廷大殿、平野沙场，这好似国画中的留白，任君自由神驰想象，多添了具象的道具，反而显出舞台的狭仄与简陋。另一可惜处是现今舞台表演都习惯全程使用麦克风，固然声响更清晰更有气势，但同时也牺牲了唱腔的委婉细腻，余音缭绕的满足就差了些了。

但我这也是强求了，如今在台湾能看到如此出色的表演已是难能可贵，不仅于魁智、李胜素令人赞叹，其他演员也都是一时之选，文武场的表现也时时赢得掌声，台上淋漓尽致的演出，台下也看得欢畅过瘾。国家京剧院这一年一度的演出，不知抚慰了多少台湾戏迷的心灵。

去年国家京剧院如期来台公演，我和海盟一样看了多半戏码。其中一天大轴是《二进宫》，于魁智的杨波，李胜素的李艳妃，又特邀大连京剧院院长、著名的袁派花脸杨赤同台扮徐延昭老将军。这是出极考人的唱功戏，最后一段这三位要角儿跪落在台前，从二黄原板跳入快二黄二六板，三人轮唱一句叠一句，丝毫无喘息机会。台上唱得兢兢，台下听得过瘾，但那一晚不知怎的，三人中的一位闪神没接上切口，只见三人跪愣在那儿，约有十来秒的空白吧！但很快便又恢复正常，把戏给唱完了，观众们的掌声也丝毫不减。

当于、李、杨三人如过往般回到台前谢幕时，却见他们一阵低语，随即又跪落在地，文武场也锣鼓琴声齐鸣，观众才惊觉他们要倒带重来一次！瞬即落座观赏无一人离席，最后谢幕时，掌声如雷且久久不歇。

我不知道其他人是怎么看待这次演出的，我虽有些窃喜亲睹了三位重量级演员的失常表现，有种直击历史现场的激动，但我更感动的是他们的态度。老实说当时的差池或许只有部分观众察觉，就算老戏迷知道了也是不忍苛责的，我就看过太多职业演员忘词、出意外的演出，但也从没见人道歉过。像他们三位大腕大可含糊带过，日子久了大家也就忘了，但他们负责任地选择面对自己的失误，即刻为我们再呈现一次完美的演出。

台下观众的表现也让人欣慰，我想国家京剧院年年大队人马不远千里地来台演出，除了满足老戏迷的戏瘾外，当然还有其他意义存在着。我也期盼在之后类此精湛的传统戏曲演出中，能多多看到如外甥海盟般的年轻面孔。

闪亮的日子

回顾过往,我的许多美好时光都和台中有关。

年少时,距台北不到一百五十公里的台中,是青春结伴同游的好去处;年纪稍长则是放逐自己所能走的最远距离;及至在邻县苗栗山城落脚,台中便肩负乡下人进城逛大街的使命了。

少年十五十六时,台湾第一条中山高速公路刚通行,我和友伴常趁着暑假,搭上中兴号长途巴士直奔台中,死党大哥就在这儿打工,他和女友包办了我们所有的吃喝玩乐,规格不同于学生的穷酸,又把父母课业全抛在百公里外,真是青春恣意。在台中的夜晚,我们常到中正公园划船,白昼并不怎样的景致,入夜后灯火迷离,波光水影晃晃悠悠,醉人得像一盅醇酒。以致后来每次再来台中,总想来此一游,念念旧时的友伴,回味当时初初萌芽的一段恋情。

我们当时组成了一个"兔家庭",因为六位成员同样都有一个特征,就是显眼的大门牙,大哥唤"兔爹",他的女友是"大娘",另一秀气斯文的男孩则以"二娘"称谓,和我谈着恋爱的男孩是老大,我和另一女孩排行二、三。"大娘"是一位温暖极了的女孩,不仅照顾我们吃喝,也是谈心说话的良伴,后来和我们处得比死党大哥还亲。我始终记得,多少个夜晚,躺在她闺房的小阁楼里,透过天窗看着星星谈天说地的情景,即便说的话语是那么幼稚,她却总是耐心聆听,像母亲、姐姐一般地包容我们三个小萝卜头的一切。

而后经过几年苦恋,死党大哥终于和她修成正果,并远赴荷兰留学、生子,最后在比利时定居下来。每次回台总还是关心"兔家庭"中的每个成员,即便大家各自忙活见不了面,她也会一一致电关切每个人的近况,她是我成长过程中很重要的一块拼图。

随后几年的夏日,我们便以台中市为起点,东游西走辐射至中台湾的每个角落,近处的中华路夜市,各种小摊林立,吃食丰富极了,那儿的潭子臭豆腐炸得外酥里嫩,佐以特殊酱料及酸甜泡菜,可好吃了;第一市场卖的咸水鸡翅、鸡爪也是大娘一定会为我们准备的;她还会带我们去百货公司里的茶楼吃港式小点,这也是学生不可能企及的餐饮场所,那几年真的不知道吃掉她多少会计薪水。

离市中心不远的东海大学,有牧场、唐式建筑及贝聿铭的教堂,我们都不曾错过。那斜顶教堂是拍婚纱照的热门景点,年轻时的我对婚姻仍满是憧憬,年年杵在铭黄色的建筑前拍照,对那份恋情却是一次冷过一次,年轻不善处理感情事,越是看重,就越如惊弓之鸟,稍觉委屈,便缩回壳里自哀自怜。那时我一直不能明白那男孩的忽热忽冷,时而狎昵、时而轻忽,是很后来才明白了当时的他,也正挣扎于性别取向的迷雾中,他的种种举措约莫也是无法自持的,我于他该是想放又放不下的鸡肋吧!

所幸和他的别扭并未影响到众人的游兴。较远的中兴新村、雾峰,还有玉山登山口的信义温泉,都曾遍布我们的足迹。记得那趟温泉之旅,一伙人搭乘大巴辗转来到东埔,因为错过了上山的班车,"兔爹"大哥只好动用一点父亲的关系,至就近的警察局求助,最后竟是由警车直接送我们上山。认识"兔爹"多年，只隐隐知道他的父亲在警界任职，官阶多高也没听他提过，念土木的他，很早就在工地打工，像一般工人一样搬钢筋、扛砖块，做着最基层的工作；后来能力被老板赏识，才升为工地主任，一样忙的是粗活儿，只是责任比别人重了些。

结为死党后，唯一享受过的礼遇，便是带我们去看了场外国来的溜冰秀，去他们家聚餐，那警官宿舍狭仄到令人惊叹，不到十平方米的空间，包括了客厅和餐厅。家里还有位老爷爷，仍着马褂长袍，长长的胡子打了个小麻花辫，完全像古画里走出来的人物。后来这位老爷爷以高寿一百零五岁仙逝时，"兔爹"的高阶警官父亲匆匆回台北料理后事。那次搭乘警车是我生平第一次，应也是最后一次的体验，即便山路崎岖不平，我们仍尽可能地保持正襟危坐，丝毫不敢让兔爹丢脸。

我们原没有登玉山的准备，仅止于在信义温泉住了一宿。那山庄是日据时代留下来的，榻榻米通铺，可容纳十几二十人不止，我们一行五个人简直可以在屋里翻跟斗了；温泉浴池也占旧得可以，别有一番风情。那一趟旅程我已下定了决绝之心，再不留恋那男孩的反复，因此心力有些交瘁。回程的路上，在摇晃的大巴士上，男孩到底还是坐在我的身畔，贴着我耳畔轻唱着："我来唱一首歌，古老的一首歌，我轻轻地唱，你慢慢地和……"一首带着浓浓沧桑情调的歌，当时，对年少初识愁滋味的我来说，既浪漫又凄楚，遂成了一段永志不忘的记忆了。

之后在感情路上跌跌撞撞无以为继，想逃开嘈扰的台北、躲开理不清的情感纠葛时，一位在梨山种梨、种苹果的叔叔成了我的避风港。即便舟车劳顿，上山一趟需费一整天的工夫，但假打工之名，我仍欢喜地来到他的果园掌厨，负责十来个人的三餐。一次才刚上山，就把一副隐形眼镜给弄丢了，连玻璃眼镜也没带，六百度近视可以说是半盲，在山坡上行走险象环生，且又因为高山气压不同，烧起饭来很是折腾，肉没炒熟，还红艳艳的就端上桌了也不察，想必让叔叔很是头疼。

但纯粹的劳动，是可以让心灵放空的。那儿被大山环抱，即便是暑夏，入夜后气温总要降至五度左右，棉被、高粱酒是必备的驱寒利器，晚饭后待在屋内，那寒冷的空气仍不停地从缝隙间穿透进来。我穿着厚重的衣物，大口喝着五十八度的金门高粱，那寒意仍是直从脚底蹿上头顶。但我就是爱那可以把脑子冻到清醒的森冷空气，在山上的那段时间，思绪从未有过的清明。晨起时，露珠儿悬在叶尖上，经阳光照射，比钻石还晶莹，四周环抱的山脉静谧安然，总能让千疮百孔的我，寻回继续走下去的力气。

成家后住在苗栗，十年间，所谓的"进城"，指的就是穿过大安溪、大甲溪来到台中。每当驾车越过那北台湾的边界火焰山后，天际顿时云开雾散，仿佛进入另一个清朗世界，也因此，进城去台中，就不止于打牙祭、大采买了，那也是一种心境的转换。台中百货公司多，逛街的人潮也汹涌，年轻时就是这印象，而后任何时刻去，也总是如此。毕竟对于周遭山乡海镇，甚至如我这般外市人口，到台中就像赶集，像奔赴一场嘉年华。

之后生女儿，我也选在台中，之前两次怀孕不顺遂，早产的那一次孩子已八个月大，因为在小医院生产，缺乏早产新生儿的照护，辗转送到大医院，到底没抢救回来。为此从怀女儿起，便固定在台中荣民总医院产检，至此更理直气壮地常往返台中，每次检查无虞，便进城里好生庆祝，吃食也好，选购婴儿用品也罢，台中都能满足我的各种需求。后来女儿也果真健健康康在这中台湾诞生，是一个阿普加评分"十"的漂亮宝宝。

台中之于我，总是美好的，所以即便已事隔多年，每当我来到中台湾这城市时，心情也总是飞扬愉悦的，耳际也不时响起那首《闪亮的日子》："……我们曾经哭泣，也曾共同欢笑，是否你还记得，永远地记得，我们曾经拥有闪亮的日子。"我很想告诉当初那个男孩，告诉当年陪我游玩的友伴们，是的，我仍然记得，也会永远记得，那段属于我们的年轻岁月。

十七岁的单车

二十多年前返乡探亲,在南京我见识到此生最壮观的铁骑车海,那如过江之鲫川流而过的景象,大概只有台北摩托车阵差可比拟。其实在台湾,五六十年代,铁马也曾是大人小孩最常使用的交通工具,每个家庭几乎都有一辆笨重的脚踏车,车后必备载货的铁架,前面横杆上则多会支个藤编的幼儿椅,龙头前则会安装一盏靠轮胎摩擦发电的车灯,车行时速度或快或慢,那灯光便在黑夜里忽明忽灭。

如何驾驭这铁马,大概是我们这一代孩子共通的记忆,也是成长必经之路,将它类比为部落民族的成年礼是不为过的,因为其过程的惨烈是有过之而无不及,至少我身上百分之八十的伤疤就是驾驭这铁马时给摔出来的。不能怪我技术太差,实在因为那时的脚踏车太巨大,不到十岁便迫不及待想骑大人车(那时还没什么小孩车),是要付出惨痛代价的。

记得那个暑假,我的脚还没长到可够着地,要上车得靠友伴把稳住车子爬上去,接着用力一蹬,车便歪歪扭扭向前进,往往蛇行没多远便以各种姿势摔下车来,如此这般周而复始,终于在快把抓车的友伴搞毛前找着了平衡的窍门。但问题又来了,上车有人帮忙,下车仍得靠摔的,正常状况还可减速轻摔,若遇突发状况那就非得紧急刹车硬着陆了，往往摔得鼻青脸肿，爬起来第一件事先检查车况，若铁马受创回家就难交代了。不过父亲那辆车经过我们姐妹仨的成年礼，最后也给折腾得差不多了。

总算学会滑车可自由上下车了，从此做什么事都要以车代步，连到巷口打酱油也非要骑着车去。且从家门口就上车，才起步没多远就遭遇两旁邻居加盖的围墙，那狭仄的通道每每让骑术不佳的我龙头左右扭动，其结果是两只手背让红砖墙磨得鲜血淋淋，回家没敢多哀怨一句话，因为完全是自找的。后来骑久了，和男生别车不相上下，一次艺高胆大竟闭着眼骑车，结果是狠狠撞上墙，撞得龙头和轮胎几呈平行，痛得蹲在地上抱着肚子说不出话，只差没在墙上留下人形图样。

铁马带给我的不仅是骑乘的乐趣，它还让我探险的版图不断扩大，村与村的界线不复存在，方圆数里任我遨游，甚至还能远征到基隆河畔，与松山机场遥遥相望。童稚的我们始终将这条河当作是无法跨越的结界，幻想着河对岸存在着另一种生物，之前徒步半天来到这孩子世界的尽头，即便努力眺望，除了广漠的荒草什么都看不到（飞机起降处当然是无人区），这越发提供了我们无限的想象空间。但当我独自骑着车徘徊在这河畔边缘时，对岸的世界不再隐晦不明，它好似个新天地等着我去探索，是骑乘带来的勇气，开拓了我不同的视野。

后来我们搬离眷村，果真跨越了基隆河来到城缘的另一端。看着我们长大的作家舒畅伯伯，在我升上工专时依前例给了我一笔奖学金八百元（在当时可是一笔巨款，灌制金韵奖校园民歌唱片也不过是这数目），姐姐之前用同样金额买了块手表，我则在第一时间去二手店买了辆自行车。较之于之前父亲的重装车，我骑上这台轻便的淑女车，穿梭在热闹的台北街头真是如鱼得水。每天从城南骑到市中心的学校要四十分钟，清晨乾坤朗朗一路下坡倒也惬意，但回程除了爬坡吃力，还得要骑经一段人车稀落的殡葬区及灯光诡谲的隧道，晚归时平添几许鬼魅气氛甚是骇人，幸得当时也骑车的男友会护送我回家，所以整体来说，这段通勤岁月倒是甜美的。

后来随着经济起飞，摩托车代替了脚踏车，私家车又取代了部分的摩托车。台湾所有的大城市永远处在乌烟瘴气中，台北尤为严重，好长一段时间不再适合骑自行车。直至近十年来环保意识抬头，交通也往地下发展，铁马才又重见天日，不仅有专属车道，还有单车供市民租用。如今行走于台北街头，擦身而过的单车骑士不再像小媳妇般委曲求全，有环保大旗高举，生人回避，一路"铃铃"作响好不威猛。

今年春天在芬兰也领教了自行车路权的伟大。首都赫尔辛基的道路本就不宽，自行车道却占了四分之一，与车行、步行一般重要，逛大街时不小心误入自行车道，那是会遭骑士呵斥的。就在我下榻的旅馆前，有一比两旁马路都宽的透天地下道，便是专供自行车行驶的。看着男女健儿一身劲装，来去飞梭通勤，真是健身又环保。真想起而效之，但我山居唯一联外的道路，既曲折又高低起伏，一进一出二十五公里，至最近上课地点再加二十公里，对已有年纪的我来说，真是前途茫茫呀！

最近看了王小帅的《十七岁的单车》，看着剧中人物骑着车在胡同里穿梭，自己仿佛又回到三十多年前，还能与人、车争道的狂野铁马岁月。虽然台北街头和北京巷弄风情是不一样的，但年轻是差不离的，读书、恋爱、打工、结伙结党，全由一骑铁马勾串而成，如此共通的经历总能勾起人或多或少的共鸣，至少在海峡两岸的人们是如此的。只不过在缅怀年少轻狂时，我不禁忧心起来，当时骑着那台二手淑女车悠游穿梭在台北街头的同时，是不是也曾有个惶惶然的女孩，在焦灼地寻找她那视若珍宝的《十七岁的单车》呀！

关于灵异事件

随着农历七月鬼月接近，台湾的电视也好，广播节目也罢，纷纷鬼话连篇地讨论起各式灵异事件，抢在这段时间推出的鬼电影，更是极尽能事地利用各种特效，不把人吓得魂飞魄散不罢休。这都令我深恶痛绝，一来不明白为何有人会自虐到如此花钱找罪受的地步，二来我此生所遇过的种种灵异现象都颇为正向，绝不似鬼故事、鬼电影那般骇人，当下甚至连惊诧也无，唯事后想起，油然而生"原来是这样呀"的喟叹，顶多如此而已。

台湾四面环海，山涧溪流又多，每值溽暑，溺水事件频传，光是我山居畔的马武督溪，今年入夏以来便有好几起因溪水暴涨游客被困沙洲或大石头上的意外。也难怪这些城市乡巴佬儿毫无警觉心，因为山区大雨洪水滚滚而来的同时，下游地区可能还艳阳高照情势一片大好，等发现溪水暴涨想回岸边一切都已来不及了，最后得劳师动众地请消防队出马救援，好在多半都有惊无险地给救上岸了。

但比较不幸的是，每年海边、溪流边仍不时传出溺毙事件，且罹难者多是青少年，除不谙水性，年轻气盛艺高胆大也是主因，在不熟悉的水域，或急流或漩涡，乃至突如其来的疯狗浪，以及遭砂石业者掏空如地牢的河床，处处都暗藏危机，但对不怕死，或可说不懂死亡的年轻人来说，这是他们成群结队戏水时最容易轻忽的问题。在我十五岁时，便曾发生过类此事故，险些成为水底游魂，最后是如何脱险的，至今仍是一个谜。

那年暑假，我们死党二女三男到台北新店溪上游戏水，那儿水清河阔风景十分宜人，且除了我们再不见任何人迹。大伙都没带泳具，原也没游泳的打算，顶多把裤管卷卷在岸边涉水而已。因为彼此已熟透了，另一个女孩索性在岸边洗起头来，她还真随身带了包洗发水，等洗干净，又兴之所至地和衣游起泳来，我不放心地守在一旁提醒她别往深处去，最好是沿着河道平行游，永远保持在浅水处活动。当我在岸边像遛狗般随着她往返悠游的同时，其他三个男生则舒坦地在河滩上晒太阳。

就在她游到第三圈时，方向稍稍与河岸偏离了些，我正要警告，不想她一起身整个人便沉入水里，慌张的她挣扎着冒出水面呼救，我自恃比她高出许多，且离岸不过几步之遥，便毫不犹疑下水救人，但才抓到她的手，便被溺水者的一股蛮力给拖进水里。原来河底有个陡降的地堑，她这一拉让我们俩均深陷其中，所幸求生的本能让她攀附在我肩上、冒出水面再次求救。这时岸上一位大哥见情况有异，便也涉入水中探看，已在垂死挣扎的我们俩哪会放过他，也一并把他往水里拖，幸好他拼了命地挣脱我们的纠缠，回到岸边找援手。那两位在享受日光浴的男生全然不知眼前发生了什么事，还好整以暇地脱了鞋袜才下水，他们佴手牵着手才把已不知喝了多少水的、骑在我肩上的女孩给救上了岸。至于我呢！他们的说法是完全没个影儿。

我这边沉在水底已憋气到了极限，当肩上的重担消失时，我估量着往上跃，只要能冒出水面吸口气，约莫就能再撑久一点。但当我费尽最后一丝力气往上跳时，吸到的不是空气，而是喝了满满一口水，当时心便凉了，知道没希望了，水面比我想象要远得多，我仰脸望向那明亮处，透过波光粼粼，几乎看得到蓝色的天，它是那么遥远又是那么的近，好像伸手就能抓住似的。那一刻并不觉得忧伤，除了憋气憋得难受，也没感到多大的痛楚，"就这样了吧！"当我决定放弃的瞬间，突然清清楚楚地感受到一只很大的手抓着我的手，像滑行一般把我带出了水面。

当我全身虚脱地躺在岸上时，只听见隔着百米远的对岸一位老人凶狠狠地在那儿开骂，才知道前一天同个地点刚有人淹死："你们这些死小孩不知死活，又赶着去投胎！"因为骂得有理，且觉得毛毛的，手软脚软的我便被大哥哥扛着先离开那诡异之处。这事过后，我却找不到一个可感恩的人，因为根本找不到那只救我之手的主人，死党们都说前半秒还看不到河里有任何人影，接着转头就看到我踉跄地爬出水面。这事至今仍让我百思不得其解，若真有鬼神出手救我一条小命，为的又是什么？

另一桩难以解释的事，则发生在三年前，那段时间我正和不肖财团搏斗，对方以偷拐抢骗的方式，陆续向原住民以低价买下了我们周围二十多甲林地，并在其中一块临河的斜坡上，盖了一栋超大玻璃帷幕的诡异建筑物。施工期间本地人还曾看过他们支起黑色旌旗似在召唤什么，且偌大一个屋子并无厨房、浴室设施，不禁让人怀疑这是座纳骨塔，而那二十甲地是要规划成殡葬园区。

我主要抗争的是，在这整个过程中他们勾结基层公务员，以伪造文书的方式向上申报，让公家为他们筑路、修排水沟、建百米的河堤。最可恶的是这河堤是以混凝土封死了河道两侧及河底，水道更是向内缩，河岸多出的土地则可继续辟路或建停车场，诸如此类的恶行已不仅违法，且大大破坏了原本自然生态。为此我一路从水保局往上告到政府。整桩事历时一年多，在环保团体、媒体记者的声援报道下，地方政府终于行文撤销那栋建筑物的使用执照。也就是说从此以后，他们再也不能拿它来当招待所（他们自己的说法），更不能充作纳骨塔使用。

就在撤照那天，正好有十来位朋友上山关心此事，我带着他们步行到半公里外的现场去探勘。当我们走下河堤时，远远看到一个身着水蓝衣衫的女子背影，蹲在一条大排水沟前，我当时只觉得奇异，怎么会有女子只身一人跑到这荒郊野外。当我们趋近时，她仍背对着我们，但同时也伸出一只手，那意思该是要我们噤声，于是我便跟着两位朋友放缓了脚步，悄悄地靠近她身边也蹲了下来，这才知道她在看一条半立在沟里的蛇，那蛇约莫有一米长，全然不畏人地昂扬着身子，好似在和那女子对话，我生怕惊动了她们，便也默默地看着那尾蛇。后来还是她先开口的："朱小姐，这边真的是被弄得乱糟糟的呀！"因为那段时间常上媒体，她这样的称谓并没让我吃惊，只是那语气，好似个熟识已久的朋友，而这时我也才看清她的模样，干干净净很平凡的脸庞，没有什么会让人印象深刻的特征（此刻回想便怎么也记不得她的样貌），我好奇地问她怎么会一个人来到这儿？车停在哪儿呢？她只以微笑回应我。

这时后来跟上的一位男性朋友也看到了蛇，便拾起一根棍子想逗弄那条蛇，我轻声喝止了他，他说只是想跟那蛇玩玩，我便回道："连玩也不要。"这时其他朋友也围了过来，蛇便往河道遁去了，我忙着招呼人，便没特别注意那女子。直至众人渡河到对岸，我回首找那青衣女子，却完全没看到她的身影。我问了最后才来的另一半，他在这唯一联外的路上,也完全没与任何人擦身而过。

我们在对岸的朋友家坐了会儿,原本艳阳高照的蓝天突然堆起了黑浊的乌云,我们一行人便匆匆告辞绕公路走回去,才走至一半便卷起一股惨惨阴风,飞沙走石的,让人十分惊骇。与此同时,豆大的雨滴也从天而降打得人生疼,且那雨水出奇地冰寒,即便暑夏,也让人冷到直打哆嗦。我疾走在前,眼睛几乎睁不开,只能贴着路边的围栏不让自己误闯进车道里,突然身后有人大喊一声:"小心!"当时只知道有什么巨物当头砸了下来,我没停脚地继续往前走,后来才知道是棵大树拦腰折断,若不是一旁铁网围篱拦住,我铁定当场被砸到脑袋开花。回到家,洗了个热水澡,又灌了好几杯热水,才让冻到骨髓的冰寒消失。

因为这风这雨来得极不寻常,甚至有些邪门,不禁让人怀疑,我们选在那诡异建筑物撤照当天去现场,是否正撞上他们请来的晦暗势力撤走的时刻?我这坏了他们好事的人物在这时出现,不整我更待何时?至于是如何躲过被树砸坏的这一劫,我直觉和那青衣女子有很深的关系,因为事后求证,当时在场的除了第一时间和我一起蹲在排水沟前的一男一女朋友外,其他人,包括逗蛇的那位仁兄,自头至尾都没看到那该是很醒目的青衣女子。

我不知道她是谁,就如同我不知道当初在河底救我的是谁,但我清楚感受到他们满满的善意,即便我仍不明白他们如此呵护我为的是什么,但天地间本就有些不可解的事情,我也只能将这份温暖牢记在心底。这些经历(不止这两桩)曾让我如此贴近另一个世界,让我深刻感受到那绝不是个怪力乱神主宰的世界,即便它也有晦暗的一面,但我始终相信邪不胜正是世间颠扑不灭的道理,在另一个世界也是如此。

台湾孩子们的暑假

一过端午，台湾便进入典型的夏季天气，火伞高张烈日灼灼，尤其蜗居都市更要忍受空调排放出的燥热恶气，怕热又不愿吹冷气的我，头脑混沌了无生趣，可谓是度日如年。幸运时，午后一场雷阵雨，降低些温度，也涤清了身心，但就怕乌云压顶却落不下一滴雨，那燠热简直让人快窒息了，厌世之感油然而生。

但孩子们却是欢欣鼓舞地迎接夏日到来，尤其夏至时分，学校期末考结束，距正式开始放暑假虽还有一周时间，但在这段老师算成绩不授课的时间里，看录像带、开同乐会，甚至烤肉聚餐的都有，暑假俨然已提早来临。

孩提时，对暑假也是望眼欲穿的，在那个没有补习、没有才艺班的年代，暑假意味的即是痛玩整整两个月，其间除了两次返校日回学校做清洁打扫的工作，学习是全然停摆，所谓的暑假作业，也是等开学前几日再烦恼吧！那时的暑假作业其实真不少，一篇日记、一幅大楷、一幅小楷是每天的基本盘，至于测验卷、图画、作文则看各班老师要求了，累积六十天的作业要在最后一两天内完成，真是让人欲哭无泪，这就是疯玩一整个夏天要付出的代价。

那么说起来我到底在疯什么、玩什么呢？

多半时候我的暑假会一分为二，一半时间回乡下的外公家度过，另一半时间则和留在台北，和眷村里的玩伴厮混终日。所谓终日可真是从睁开眼那一刻直玩到夜深入梦为止，中间除了吃饭、喝水、上厕所，完全忘了家的存在。小时挨过妈妈几次揍，也全是因为玩到忘了回家吃饭，妈妈也是贪玩的，她完全放任我在外游玩，但她的底线是吃饭这件事，若我疯到连吃饭都忘了，那就等着挨揍吧！

小时候的台北，除了以北车站西门町为中心的市区外，到处还看得见稻田绿地，我们住的内湖更像是乡野，有山丘围绕，大小埤塘无数，贯穿其间的沟渠，水之清可让鱼虾悠游，若说这样的环境是孩子的快乐天堂绝不为过，我童年的暑假就是在山野水畔间度过的。

我小时候是抓到什么就养什么，捡到什么就养什么。飞禽走兽多是捡来的，水里游的鱼虾则多是抓来的，虽然看着大人擎一支竹竿在水塘边钓鱼好生羡慕，但直接跳进水里抓鱼虾更合我脾胃。那时路边沟渠里最多的就是大肚鱼和我们叫"三斑鱼"的台湾斗鱼，它们喜欢躲在渠边的水草里，为此我努力攒了点零用钱买了个小竹篓子，蹲在水边连刮带捞的，总能收获满满。大肚鱼和小斗鱼丢回水里，一指长又斑斓的彩色斗鱼则携回家养，怕它们斗殴互伤，还得一只一瓶分开养。电视机、冰箱、橱柜……一切能搁瓶子的地方，都被我放满了瓶瓶罐罐的斗鱼。为了张罗它们的吃食，还得趴在臭水沟旁捞蚊子的幼虫子孓，看着它们贪婪地吞食那一丝丝像红线的小虫，就算在烈日下忍受阳光的炙灼，忍受家庭废水的恶臭，我也心甘情愿。

与此同时，我还养着山涧里抓来的紫螃蟹、邻居家大扫除清出来一鞋盒没长毛的幼鼠、果林里拾获的美得不得了的天牛，更别提家中长住着的十来只猫十来只狗，即便有这长长的假期，我仍觉得时间永远不够用。

至于和友伴们追逐嬉戏更是废寝忘食，十几二十个孩子想玩什么都可，一般的游戏玩腻了，便会往山野探险去。我们曾远征到基隆河边，隔岸仰望一架架从松山机场刚腾空起飞的机腹轰隆隆地划过头顶，那震撼呀！让我们晚餐桌上眼睛放着光却噤口不敢言，大人若知道我们跑那么远，一顿好骂是免不了的。

一样带有探险意味的是晚餐后的躲猫猫，大人搬藤椅在院子里乘凉聊天，我们便以村口停交通车的空间为基地，玩起令人又惊又惧又喜的躲猫猫。这停车场是沿山拓建的，而这山又是古旧的坟墓山，有些坟茔失修，一场大雨泥土流失，棺椁便隐隐可见，平日孩子们总爱自己吓自己，传些有的没的鬼话，黑夜在坟墓边玩躲猫猫，再没比这更刺激的事了。躲在黯黑处毛毛的不说，当鬼的一人伫立电线杆前数数，也是鸡皮疙瘩吓满地，但我们仍乐此不疲地直玩到夜深，直疯到爸妈语带威吓拿竹子伺候才肯回家。

回外公家又是另一番天地，小镇医生外公的家规其实蛮严谨的，晨起时间六点半，比平日上学时间还早。外公的起床号是从老收音机流淌出的交响乐，再不，数步之遥的火车轰然驶过间杂着鸣笛声响起，让人想赖床也难。早餐后是我最期待的时刻，一是和外曾祖母阿太上市场混吃混喝，另外的选择就是随春兰阿姨至溪边洗衫。

阿姨除了洗衣、烧饭、打扫偌大的屋子，还得看顾我们这些小萝卜头，脾气自然是不好的，能否当她的跟屁虫还得看她心情，若那日她心情愉悦便会赏我条小手巾，任我踩在溪里寻块大石头搓呀，洗呀，把玩半天。我不知是喜欢戏水，还是喜欢能像大人般做件有意义的事，总之，每顿早餐我总是囫囵吞枣，就为了当她的小跟班。

阿太的脾性就温和多了，若知道我想跟她上市场，一定会叫我慢慢吃，就算我多么酒足饭饱，一进市场也会帮我买碗甜粿让我坐在小竹凳上慢慢享用,临走前还会为我买串腌番石榴或冰菠萝,满足我在外公家不准吃零食的残念。

妈妈是阿太带大的,我们一家都跟她亲,四十多岁就守寡的她,完全靠着客家人吃苦耐劳的硬本事,养大连我外婆在内的四个子女。之后外婆嫁了医生外公,她也仍一人独居在老房子里,养猪养鸡自食其力。我便是在这屋里出生的,比之于壮观亮丽占地近千平方米的外公家,这充斥猪圈味儿、鸡屎味儿的阿太家,更是我念兹在兹心仪之所。每次回外公家打完招呼,我都迫不及待奔向阿太那儿,看看她的猪仔生了几只,也爱陪她至地瓜田割叶子回来喂猪吃,她那些穿梭在脚边的鸡仔们,则是过年过节给儿孙们的饕餮大餐。

在外公家也不是全然无趣,我们总会趁外公出诊时,跳进他的莲花池兽性大发地抓锦鲤玩,任穿着旗袍、戴着美丽别针的外婆殷殷劝诫,我们也置若罔闻,直至听到外公"嘟嘟嘟"的摩托车声,才忙不迭地爬出莲花池,一池的锦鲤要好长的时间才又能恢复自在悠游。我们也喜欢在大雨过后捡拾面包树叶,用霸王草捆在脚上,跳进湍流的水沟里玩耍,还喜欢用阿姨剥下的绿竹笋尖当针头,帮外公家的猫猫狗狗打针看病。下雨出不了门,便和表弟在榻榻米上摔跤,摔到两人怒火中烧快翻脸为止。

现在台湾的孩子暑假又都在忙什么呢?

双薪家庭的多只能把孩子送进安亲班,好的安亲班会在这期间多安排些户外活动,打球、游泳、一日来回的旅游;也有以提前预习下学期课程为主的安亲班,那就有些可悲了,一来小学课程真的不必那么紧张,二来暑假不就是该放假、放轻松吗?身为才艺班老师的我,打心底地不愿助纣为虐,这两个月我是能不上课就不上课。

其实暑假对做父母的来说，也是很烦恼的，若不能真享受陪孩子玩耍的乐趣，那就有别的压力，因为孩子会要求、会比较："为什么别人可以出国我却不行？""为什么他可以参加夏令营我却不能去？""为什么好朋友玩了好几个游乐园我却一个也没去？"……对时间不许可、经济条件不允许的家庭来说，是真得给孩子个好说法的。

其实，陪伴孩子真只能如此制式安排吗？在台湾只要不是周末假日出游，交通住宿都很好安排，有的父母会请个三两天假开车带孩子做环岛之旅，或搭大众交通工具至某个定点做深度之旅，若能争取更长的时间，则以自行车代步，又是另一番不同的体验。若周间真的没空，周末来个两天一夜的露营，让孩子全然脱离3C产品、脱离文明世界，返祖体验一下不一样的生活，也是有意思的。

若连这时间都拨不出，下班后一家人至附近公园或河堤走走，或者逛逛夜市都好，没有计划的漫游其实是好的，没有赶行程、打卡的压力，甚至因为没有目的、没有期待而处处是惊喜。若觉得这方式太没安全感，那就从短程、近程试起，绝对会有意想不到的收获。记得，孩子需要的不是多么奢华的旅游，而是父母全心的陪伴。

我们儿时的经济大不如现在，但在有限的物质条件下，孩子们会自己寻找快乐。那时大环境的安全感足够，父母也放手任我们游玩嬉戏。自寻快乐激发创造力，游玩中遇到状况得自行解决，这不也是培养独立自主解决事情的能力？所以学习不是只能待在室内、坐在椅子上进行的，快乐也不是花大钱就买得到的。

我们做父母的，或许真的可以好好思索，是否可以给孩子们一个不一样的假期？

过一段返祖生活

目前台湾最流行的休闲活动非露营莫属了。暑假本该是儿童才艺班的旺季，近几年每值周末及周五晚间的课却常闹空城计，问起孩子请假的理由，许多都是和家人露营去也，看他们喜滋滋的模样，这露营活动显然带给他们无限欢乐。在我的印象中，露营从来不是件享受的事，甚至带有一些自苦的意味，这些娇滴滴的孩子为何却乐在其中？这也许和经济条件不同有关，在我们那个年代，想与同侪旅游外宿又不具备住酒店吃饭店的能力，自搭帐篷、自炊饮食的露营便成了最佳选择。

我第一次露营是在初中一年级升二年级的暑假，地点在北台湾的金山海边，那也是我第一次和非家人外宿的经验，能和最要好的同学一起共度三天两夜是多么快乐的事，即便天气是这样样的热，即便一梯次三四百人得抢用不到十间的卫浴设备、寥寥无几的水龙头，但只要能脱离父母的视线一切也都值得了，这当然是青春期的我们出发前的想法。

一到营地手忙脚乱扎好了营，便安排了海边戏水活动，一群女娃儿像麻雀般挤在帐篷里换着泳装，你踩我、我拐你的，好不容易换好装，整队时，平常躲在衣服底下的身躯全暴露在众人目光之下，真是羞赧又新奇，还好在那保守的年代，男女生是分梯次露营的，不然大概没一个女生敢走出帐篷的。戏水结束后的盥洗，又是一阵混乱一阵好等，海水的黏腻纠结在头发上、皮肤上，等久了，都快结晶出盐粒来。这才知道家中随时可供冷热水的卫浴设备，并不是那么的理所当然。

炊事比赛，对厨艺不佳的我们来说可真如无头苍蝇忙成一团，首先供水不足，每个水龙头前都大排长龙，汪洋大海就在眼前却一滴也不能用，"望洋兴叹"让我第一次明白成语原来是可以和现实生活如此贴近的。好不容易淘米、洗菜完毕，又得用同一个炉子烧出三菜一汤一饭，我不知道其他帐篷是怎么办到的，我们这组人马在时限截止前，勉强把饭给煮了，菜却只炒了一道，另两份材料则倒进汤锅里煮成了大杂烩，比赛结果当然是榜上无名。当自作自受咀嚼着那焦苦生硬的米饭时，不知道其他组员在想些什么，我是已开始想家了。

晚间的篝火晚会，全员围在篝火四周，分成几大组玩起简单几近幼稚的团体游戏，随着篝火越烧越旺，大家的情绪也跟着越来越嗨，像被催眠似的唱着、舞着，连平日矜持的班导也陷入集体疯狂状态，与我们一起群魔乱舞到失态的地步。这是我第一次感受到火的魅惑，以及群众心理梦魇似的威力。我记得结束那三天两夜的露营回到家，打开冰箱一口气灌下整瓶冰开水时的感激涕零，文明生活原来是如此美妙呀！

第二次是升上台北工专与合唱团至溪边野营，那次从午后扎好营便落起雨来，我们勉强在临时搭起的帆布下生火煮饭，原由两个男生主馈，看他们笨手笨脚地陷在一堆自己采买的食材中，完全不知从何下手，经过多年在家掌厨、已非昔日的我忍不住抢过刀铲，快速凑合出一席菜，大家便就着雨水吃将起来。从众人的惊诧声中，才知道他们原以为我是个不食人间烟火的大小姐，这是少数会令我恼火的误解，所以露营有时也具有"拨乱反正"的功效。吃饱喝足，洗好锅碗瓢盆，雨势却越来越大，主办人看溪水渐涨安全堪虞，只好和附近小学商量，拆了帐篷住进学校教室里，有的睡在课桌椅上，有的席地而卧。回到有砖墙、有房顶的世界，还是让人安心不少，经过这次，我才知道露营的天敌是大雨。

那时节露营是没有什么供水供电的营地好依赖的，唯一能做的就是尽量把帐篷搭得离水源近一些，炊食、盥洗都方便，所以溪流成了唯一的选择。第三次和死党哥们儿去露营便是傍溪而居，水的问题是解决了，但厕所问题依然恼人，更不幸的是只有我一个女生，就算年轻撑得住，但三天两夜下来，就算铁打的膀胱也要报废。咦？这七八个大男生还真把我看成同性，随便找棵树就能解决吗？那天是一直撑到傍晚，家中也有两个妹妹、最年长的大哥，终于发出警语似的："你该上厕所了！"随后领我到一隐秘处，站远远地为我把风，他这义举直令我感恩至今呀！

学生时代最后一次露营，则是在一游乐园似的牧场举办，原想水和厕所都具备的场地该不会再有什么状况了吧！没想到入夜后那儿的蚊子全出笼了，不仅多如牛毛且只只大如苍蝇，隔着牛仔裤也能把人叮得"嗷嗷"叫，想来也是，平日它们的餐点是长毛羊、厚皮牛，我们这层牛仔裤又算得了什么？还有更倒霉的是，一过子夜，天敌大雨便从天而降，这回可没什么小学让我们去躲避了，半夜三更想找个牧场工作人员求救也没可能，只有忍着、挨着，那个晚上身子一半是泡在水里度过的，另外一半则继续饕养大蚊子兵团去矣。

经过这次近乎野战的磨炼,我曾发誓打死也不再露营了,但后来仍被友人拐去垦丁一游,我并不奢求住什么星级饭店,只要有卫浴床铺的小客栈即可,不想此友人比想象中还要吝啬,住宿费一毛也不肯花,硬在凯撒饭店前那片沙滩上搭起帐篷来。四个人挤在三平方米的帐篷里,想翻身都难,夜晚一丝风也无,还带着余温的沙滩在身子下热着,塑胶篷在顶上罩着,完全是文火炖食的感受,终于连这节俭的友人也受不了了,拿起小刀在帐篷两侧各割了扇窗,至少让空气流动了起来,才勉强昏睡过去。

不过撇开这些不适,垦丁入夜的沙滩真是美到极致了,其实说它是沙滩并不准确,因为它是由碎贝壳堆积而成的,白天阳光照射晶莹剔透呈米白亮,入夜经月光抚过,则另有一种神秘的光洁,与那一样被月光抚过粼粼晃晃的海水相辉映,仿佛进入了另一个世界的白昼,又像我们所在世界的镜影,既真实又魔幻。

但要看到这样的美景,并不一定得露营,且把帐篷当一次性的耗材,未免也太浪费、太不环保了吧!还有我一直很怀疑,在垦丁是可以随地扎营的吗?在许多国家就算没有明文规定,还是有些潜规则或过来人的经验是要听的,比如说纽约的中央公园,就绝不是个合适露营的所在,这位节俭友人的同事被派去纽约出差,为省旅馆费(咦?他们单位似乎都有这癖好),便在这满是绿地的中央公园支起个帐篷,其结果是遭人洗劫一空。所以从露营这件事,也可探知一个地方的治安到达了什么样的水平。

台湾近年来所流行的露营,可是和以前我们的简陋版不同,除了诸多营地为吸引人潮设备越来越齐全外,以家庭为单位的露营者装备也越来越先进。随便翻阅一下坊间露营达人的实用书,光是吃的部分，就好似把家里的厨房给活脱脱搬到室外去，烤食不再是唯一选择，那料理器具的繁复，连蒸煮炒炸都能一并在野地里进行，泡茶、煮咖啡是基本款，想喝冰饮也有小冰箱支援，既然电源供应不是问题（就算不宿营地，也可自备小型发电机），那么电视、计算机也可一并带着，若嫌累赘，一只智能型手机或一台平板也可，反正台湾处处都有基地台，也处处上得了网。

因此，我忍不住要想，这样的露营方式不过就是把在家过日子的模式，直接移植到野地去，原来是怎么吃的，来到荒郊野外也不将就，该滑手机的到哪儿都一样不滑不行，那么千里迢迢上山下海到处乱跑乱住的又是为了什么？不如就乖乖待在家里，省得造成到处大塞车。露宿野外不就为了过一点不一样的生活？感受置身大自然的惬意，感受老祖宗不太方便的生活，感受一切都要自己动手的新鲜，重拾一家人的亲密关系？即便我的露营经验都不甚美好，但露营不就是如此——暂时脱离文明世界，从各种不方便中了解方便的可贵，从极简的生活中感恩现实生活里的富裕，并在一切物资都缺乏的环境里，提升精神层面的充实感。即便这样短暂地脱离现实，对我来说稍嫌做作，但露营的意义不就是如此？所以每当孩子要请露营假时，我总想叮咛他们，把一切3C产品都留在家，老老实实去过一段返祖的生活吧！

穿越记忆的嗅觉

嗅觉就像一把钥匙,能开启一扇又一扇的记忆之门。

我的外公是医生,二次大战时曾被日本人征召至南洋当军医,战争末期和同样来自台湾的袍泽,躲在菲律宾的深山到处游走无所适从,最后捡拾到盟军撒的传单,才知道战争已结束了好几个月,方从丛林中脱困而出。被遣送回台湾后,外公努力重建自己的家园,仿和风、南洋风盖了一栋木造房屋,至今已超过一甲子仍屹立不摇,除了当时用的木料坚实,还常以樟脑油擦拭才得以保固得如此完好。

外公在近千平方米的庭院周围,植满一圈郁绿的樟树,连厕所里的小便斗也常年置放着一把樟脑丸,也因此,外公家永远散发着一股浓浓的樟木香。长大后,只要闻到樟脑味儿,便会记起暑假住在那儿的每个晨起:先是让楼下厨房传来的饭香、柴火香伴着樟脑味儿唤醒,接着耳际传来"吱呀、吱呀"的蝉鸣,有时还夹杂着外公电晶体收音机流淌出的音乐——这是他含蓄的起床号,这时张开眼便可看到筛过樟树叶的斑斓光影在榻榻米上游走。这被唤起的儿时记忆,真切得就好似昨日一般。

猎猎的风,带来海洋的气息,青春恣意似乎总和无际的海连成一气。早该随风而逝的爱恋喷恨,在那咸咸燥燥的狂风呼啸而过时,又砰砰然地苏醒了，某个沉睡已久的角落被唤起了，会哭会笑的自己原来还活着？远飏的心鼓张着帆，亟欲航向一个还有能力爱、还有能力恨的国度，记忆中的海就该像眼前彻底干净的天一样蓝、一样深。

"滴露"消毒药水翩然从香江北来，漫漫磨人的苦恋便浸润在这浓郁的气息中，一段相差二十岁的忘年之恋（是我一厢情愿地忘了），一段以为信守就会有结果的恋情，在那满是"滴露"的小屋中发酵（因为对方有洁癖）。我第一次明白，爱慕会让心底出现渴望，唯有拥着彼此才得以圆满。从此这段长达十年之久的恋情，便和那鲜明的药水味儿纠缠不清了。

第一次怀孕，住在老旧的眷村里，五月梅雨季，屋子角落不时窜出的霉味，让孕吐越发的严重，当时脑袋瓜吸取的所有感官，全被列为危险因子，都是造成身体不适的罪魁祸首，尤以嗅觉为最，以致那时使用的洗衣粉、洗发精、沐浴乳，尔后全成了拒绝往来户。前些时，闻到学生手中散发的力士香皂味，即便已过了三十个年头，但那欲呕的感觉仍是即刻涌上心头，天哪！这嗅觉记忆真是顽强到令人哭笑不得。

嗅觉是所有感官中最不彰显的，幽微得常让人忘了它的存在，约莫只在感冒或过敏状态下，才知道失去它的痛苦。胃口差了，味觉跟着迟钝了，有时连吃到走味儿的东西都不察。在外国吃生蚝，侍者做的最后一道把关，就是以鼻子这最原始的器官嗅闻，判断是否够新鲜到足以生食。

我的母亲在把衣服丢进洗衣机前，也会先嗅闻一下，我一直忘了问她这习惯性的动作意味着什么。我的女儿自小给她吃的、玩的时，也总会先拿到鼻子前嗅一嗅，这常被我取笑的动作，是在归档记录，还是辨识安危？人自出生的那一刻起，嗅觉便已走在其他感官之先了，毕竟能嗅出母亲的味道，是关乎生存问题的，胎儿在怀孕过程中，透过羊水已能辨识母亲的味道。

嗅觉是可以存档的，人们所能辨识的气味远比想象得多，嗅觉在生活中所扮演的角色，也远比我们想象的重要。比如说它牵动着我们的好恶，有些人亲和力强、人缘莫名的好，只因为他散发的体味让人舒缓；而恶臭诡异的气味，则会让我们避开危险，因为嗅觉记忆已将它归类在有害的档案中；而一般来说，女性又比男性的嗅觉来得灵敏。曾有人做过一个很有意思的调查，同住在一栋宿舍的女生，最后月经周期多会趋于一致，这也是嗅觉作怪的缘故。

狗狗的嗅觉要比人类敏感数千倍，那是一个什么状况呢？当它们在草丛里、电线杆前嗅闻时，就好像人们在看公布栏般，阅览之前同伴所留下的资讯，性别、年龄、身体状况……比一张名片能判读的资料还多。当我们每次回到家，它们只要挨近些，便能知道我们这一天都去哪儿了；人们还以为狗儿最懂得察言观色，我们的喜怒哀乐它们全都知道，其实是我们自己泄了底，不同情绪散发不同体味，他们只要鼻子一抬什么都了然于心；狗儿的灵敏鼻子还能嗅出人罹患的各种疾病，只是苦无翻译机把"汪汪"改成人语，若有一天真克服了这障碍，那么连体检都可以省了。

人的嗅觉和智能也是息息相关的，其他感官多在自己掌控中，我们可以选择不看、不吃、不摸，戴上耳机也可只听想听的，但对嗅觉，我们多是开放的，是任它恣意收集各种资讯的，也因此，脑子的灵活与否，嗅觉的贡献是不容忽视的，而它也可当成是一个指标，如果有一天嗅觉功能迅速恶化，就要怀疑阿尔茨海默病上身了，这是目前诊断痴呆症非常重要的辅助。

　　嗅觉是老天爷给的礼物，人在三十至四十岁时，它撷取资讯并储存于脑的能力达到高峰，但随着年龄渐长，它的灵敏度便一再消减，到了六十五岁后会有半数以上的人失去嗅觉，至于八十岁以上的老人，则只剩四分之一还能保住残存不多的嗅闻感官。届时，找不到开启回忆的钥匙，那些我们曾走过的岁月，真就只能尘封在一扇一扇门后了。

花约（一）
—— 大阪、奈良自助游记

那一年的花事，我如何也不能忘怀。

航机在大阪降落时，迎接我们的是料峭春寒、缠绵细雨，从缀满雨珠的巴士车窗向外搜寻，除了盈盈灯海，始终没看见一株所期待的樱，难不成那粉嫩的花瓣，全叫春雨给打散了？明知是杞人忧天，但仍抑制不住心中的渴盼与焦急。

其实急什么呢？为了赴这一场花约，一行七人可能、不可能地匀出了十六天的空白，由关西至关东自助游走。这是第一天，是狩猎者好整以暇的时刻，也该是猎物蠢动前的最后蛰伏。

在心斋桥下榻的是商务旅馆，一来天冷，二来机上的餐点不当事，check in后，留下二老一小，中生代四人便外出猎食。商业区入夜后除了钢珠店热闹滚滚，巷弄里竟寻不着摊贩流连，逛了两三圈才找到一章鱼丸小摊，这丸子热腾腾的看似可口，吃在嘴里却如鸡肋般乏然。乍到异地这样给冻饿困住，也难怪接下来半个月的行程常为口腹之欲所扰，随身携带的食粮，永远超出负荷。

隔日，天竟然放晴了，大阪的街道如天空般给洗得干干净净，乍放嫩绿的巨大路树对台北人而言真是奢侈，我们贪婪地深呼吸、再深呼吸，森冷的空气透彻心肺，实在难以想象自己正身处日本第二大工业城，在南国非得要海拔上千、人迹罕至处才有这样的飨宴。

在和风景图片所见一式一样的大阪城天守阁前，我们终于见到了樱，与期盼中如云如霞的繁花似海虽有大段距离，但由待放的含蓄之美欣赏起，或许更能体会"樱花见"的精髓。于是，便静下心来欣赏樱以外的景致。大阪城周边的绿地，满是与人分食的鸽子，当我们野餐似的解决午膳时，摇呀摆呀的鸽子便在周身游走，胆大的甚至扑上膝头抢食，难怪只只肥硕异常。外甥尽情其间，任鸽子停落在头顶、肩膀及手上，享受前所未有的野趣。

奈良的空气森冷依然，只是多添了份乡野气息，驿前供人歇脚的咖啡馆溢溢生香，不逊于城里百货公司的地方超市色色齐全，闲适雅致的民宿有如家常，令人有回家的感觉，好奇怪不？

驿内的花讯告诉我们，花期漫漫、少安勿躁。

到奈良第一要访的当然就是东大寺了，由驿站漫步至寺，沿途经过的商店街诱得人险些身陷其间，直至看见壮如小牛的鹿群才回得神来。这儿的鹿和大阪的鸽子一般，索食竟如此理直气壮，且势利眼得有些叫人生气，手中没有鹿饼的话，休想叫它们近身。

"礼失求诸野"或许是访东瀛名寺古刹时最深的感触，中国经历代兴衰，文物多在战火中涂炭，而擅模仿的东瀛人同样擅于保存，由中土袭来的种种绝不轻弃，因之我见东大寺，竟有似曾相识之慨。古朴肃静，就该是中原五岳名寺的形貌，绝非七彩琉璃道观可比。

东大寺是世界现存古代最大的木造建筑，本殿金堂供奉的卢舍那佛重四五二吨，也曾是举世最大的铜佛像，进门两侧八尺高栩栩如生的金刚力士尤其令人印象深刻，寺内类此国宝级的古迹比比皆是，不禁令人好生好奇，千余年来他们是如何完善保存下来的？我们进殿参访时，寺内正在做定期修缮，但却丝毫不影响游人游兴，殿内一隅柜台上置着新制屋瓦，两千元一方，赞助修缮、祈求平安皆可，我们推举父亲执笔，在土色的素瓦上写下全家族共同的祝愿"文运长久"，无关信仰、无关民族间的恩怨，只是深深为他们的认真态度所感。

东大寺千余年来香火鼎盛，来此有祈福还愿的善男信女、有考究文物的名士专家，也有像我们这般没什么目的的漫游者，东大寺是如许庄严又如许家常地满足了所有如织旅人。

隔着两站之遥的药师寺及唐招提寺也给人同样的感触，药师寺是专供人除病解灾的，在那儿还看到许多坐着轮椅、被担架抬着的病患在祈福解厄。个头十足却仍以婴儿推车代步的外甥，约莫也被视作病号，当他突然起身跑跳时，惹来四周惊喜的眼光，想必又为药师寺的神迹多添了一桩。

比较之下脚程五分钟远的唐招提寺就清静许多，此寺是仿唐建筑，距今也有一千二百年的历史，是为东渡来此的唐高僧鉴真所建，原籍扬州大明寺的鉴真，为弘法扶桑，历时多年才成功，其间甚至遇暴风雨给吹至海南琼州，尔后终于在第五次渡海时完成夙愿，但鉴真也已因旅途困顿导致双目失明，幸而当时的武圣天皇甚是礼遇，为其广建寺院道场，开启奈良佛法鼎盛的新页。

礼赞鉴真盘坐的塑像后，又浏览了鼓楼、舍利殿及藏经楼，一行人坐在寺檐下休憩，在暖阳融融的氛围里，让人只想像只懒猫似的蹲踞在这悠悠午后再也不挪移。在千百年前同样一个暖阳日子里，鉴真是不是也曾在此驻足？遥遥思念着故土的和煦，及那如前尘往事的繁华扬州？

花约（二）
—— 京都篇

比之奈良的朴拙，京都真是华丽而热闹，因逢着花季，旅馆很是吃紧，原已订好的住宿却临时缩水，七个人只分得两间房，原就嫌窄的商务房里再硬挤一张床，要旋身都有些困难。三对夫妻分房时当然牺牲的是老父老母，父母的行李又打包在一块儿，于是一个晚上便为着换衣、盥洗两头奔忙，再加上我这多事人瞎起哄，忙乱中竟把母亲擦筋骨的药膏递给父亲刷牙去，害得外甥笑翻到床下。

一家老小共同出游，始终是我们共同的愿望，尤其对我这个嫁到外地的女儿更是如此。然而眼对眼、鼻对鼻地整日相处，也着实有些考验人。光说吃饭吧，七个人就有七种吃法，其中尤以父亲的"抗日情结"最深，除日本料理难以入口外，连日式的中国餐都嫌不够味，因此随身提包里永远藏着两罐出发前一晚自己偷偷做的私菜，一是辣椒酱，一是辣椒塞肉，好整以暇地对付各式料理。其余人的癖好也不见得好妥协，头两天互相迁就得都有些委屈，最后终于决定，逢吃饭便鸟兽散，各取所需也皆大欢喜。

京都的绮丽真是难以形容，名胜古迹的美自不在话下，最不可思议的是川堂巷弄里处处是风情，最热闹的四条河原町周边，有鲜果、

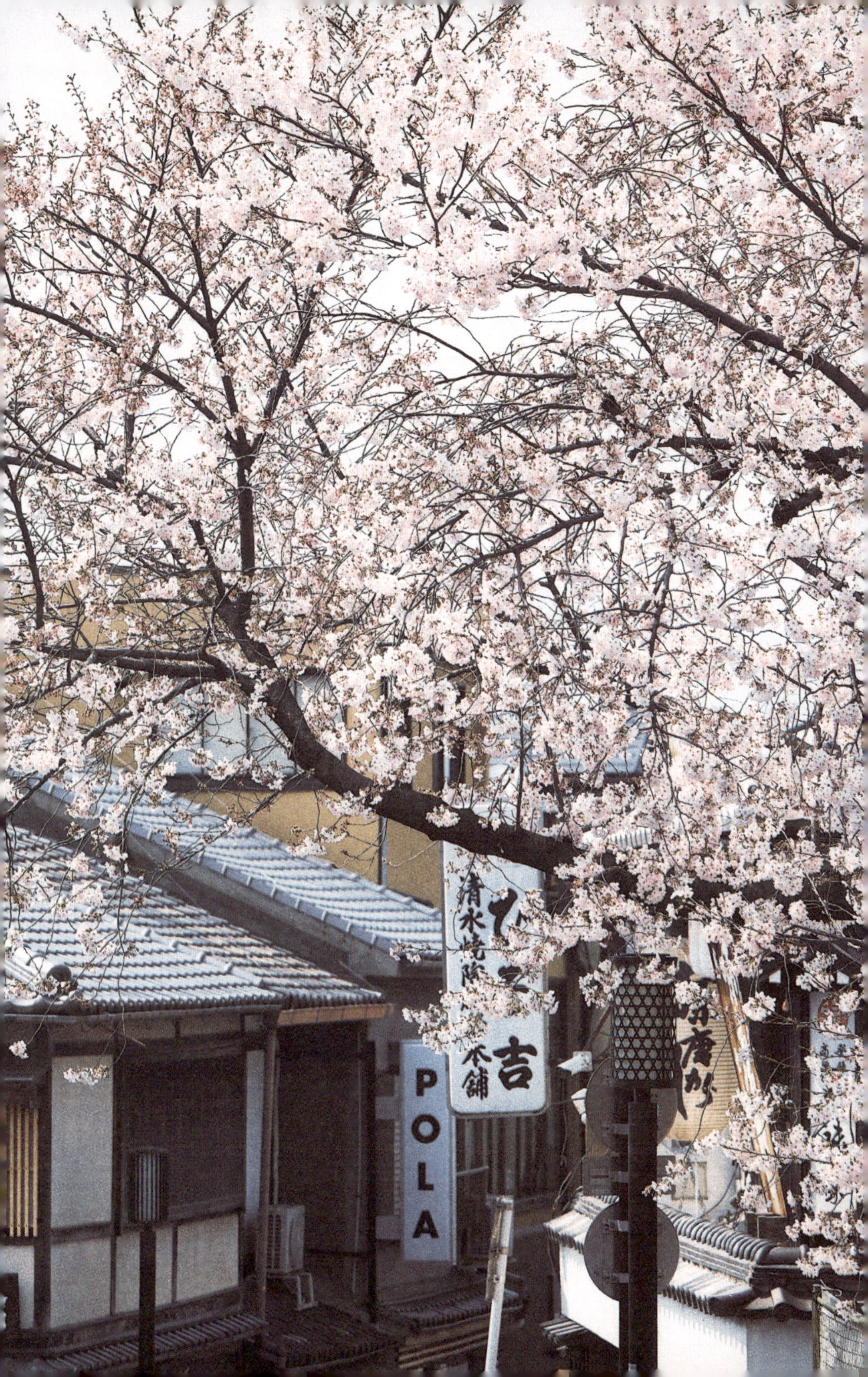
清水焼
本舗
吉
POLA

鲜鱼传统市场的锦小路通；有年轻人聚集的新京极通、寺町通；木屋町通及先斗町通则是成年男女晚间消磨时间的居酒屋集散地。

穿过情侣处处的鸭川，隔岸的四条京阪呈现的又是另一种风情，除了祇园艺妓长驻在此，各式老店也仿佛将岁月拉进了历史，卖和果子的、卖酱菜渍物的、卖京扇艺品的……户户琳琅雅致令人流连不已，连卖冰的"都路里"都有百年历史，它的宇治金时（うじきんとき）是以抹茶碎冰做底，冰上布满了抹茶冻、红小豆、白玉、麻薯，再淋上雪一般的乳汁，最后顶上再堆上三球冰激凌，好大一碗放在面前，在燥燥的暖气房中三下两下就见底了，而且保证连汤汁都不会放过，不过要吃这家的冰品并不容易，因为等吃的队伍常常是从二楼一直排到街上的。

走进花小路通祇园的巷弄里，左右两边都是艺妓的料亭，木造的房子森严严的，等闲听闻不到任何歌舞声喧，若是昼日行经，更觉得有些侯门深似海的肃穆。若往东续行，穿过东大路不远便可见到高台寺，寺前石坪小路南接二年阪、三年阪可至清水寺，往北穿过圆山公园贴着山走，经知恩院、青莲院可达平安神宫，腿劲够的还可再绕南禅寺至哲学之道、银阁寺。这一路行来，绿的楠、粉的樱、洁净的石板路真是赏心悦目，走累了，高台寺前的"落匠"正可歇腿，一边欣赏日式庭院的同时，还可一边品尝落匠特制的蕨凉糕。青莲院的周围皆是蓬硕的樟树，枝芽绿荫直漫到马路上来，南禅寺亦是郁郁葱葱，驻足在山门前聆听四野的天籁，真觉岁月悠悠。

我们一行来到哲学之道时，已有些兵疲马困，但一见到渠岸的樱已蔚然成荫，精神又为之大振，已开至五分的樱，从若王子神社到银阁寺延绵数公里，走在花檐下惊叹不已只发得出"啊啊"之声，似乎任何赞辞都不足以形容眼前的震撼,外甥索性张口吃起花来,对六岁的孩子来说,这或许是他唯能表达的赞叹方式吧!

岚山周边除了间歇的樱可赏,大片竹林也是不可错过的。来到落柿舍前,满是田园风土,想象中的武陵桃花源约莫就是这番风景。比邻人家玄关上置着各式陶人、陶偶、未上彩的陶器,朴拙得令人爱不释手。廊前无人招揽,要付钱连唤了好几声才有人应,这里做生意也很桃花源。顺着步道走去,类似的小铺子还真不少,陶坊、纸铺、艺品店、咖啡馆……全是"姜太公钓鱼愿者上钩"的味道,似乎这些店家在意的不是赚钱,而是游客的鉴赏。

东本愿寺离旅馆最近,我们却是最后才匀出时间访游。才进寺院,外甥又被一群肥鸽缠得脱不了身,这里的鸽子是越发的张牙舞爪,等不及你撒饲料,已抓得人处处是爪痕,连头发都给扯得快脱离头皮了,要在这儿喂食,最好戴个安全帽以策安全。寺内倒很可观,木造回廊迂回在几所院舍间,甚是古意盎然。位在正中的大殿由榻榻米铺就,少说有三四百坪,很是壮观,殿前供的大毛纲,是由女子的青丝混麻绳编就,双手合掌才握得住,虽有些岁月、有些蒙尘,但森森然仍透着一股强大的愿力,不管当初许的是什么,那精诚所至必是直达天庭的。

子弹列车载着我们飞也似的离开这个古都,心中涌起莫名的惆怅,是游览得还不够吗?我们已给了京都一个礼拜的时间,平安神宫、醍醐寺、二条城、三十三间堂也都去了,却仍觉得怅然若失。坐在时速二百公里以上的列车上,细数过往一周的种种,发现京都真是令人有耽溺的危险,她是如此旖旎古典,却又毫无干戈地涵养着现代人、现代生活,她是如此充满人文气息,却也无碍现代科技文明的发展,无怪乎评鉴世界上最适合居住的城市时,京都仅次于纽约、伦敦,位居第三。

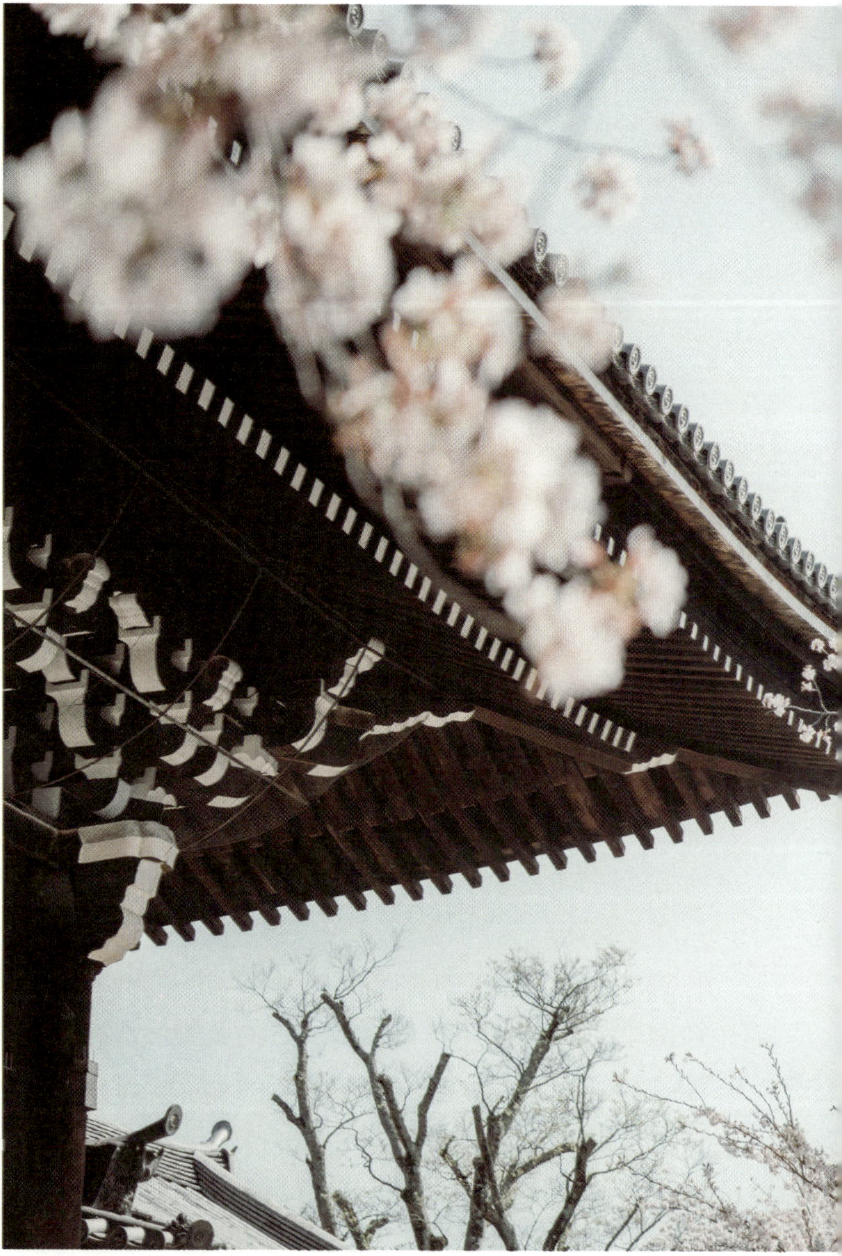

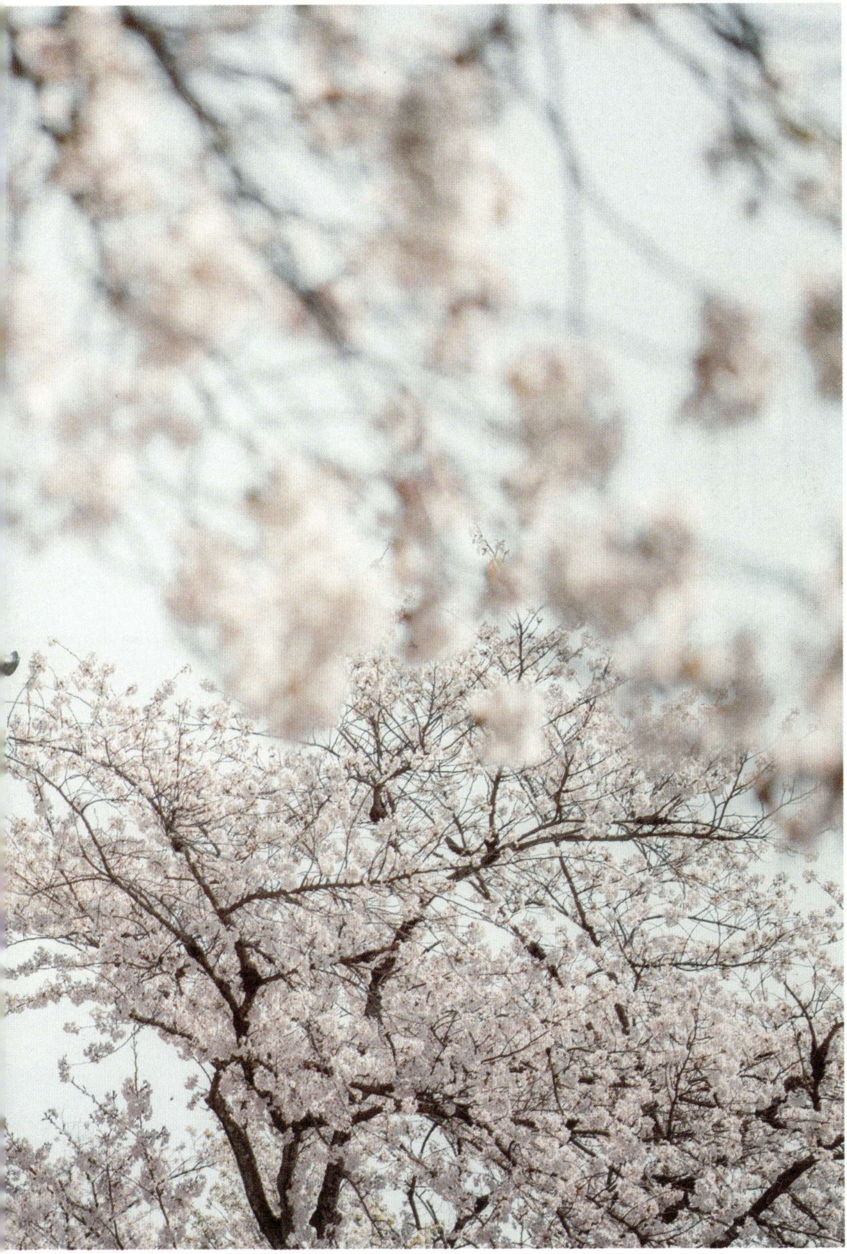

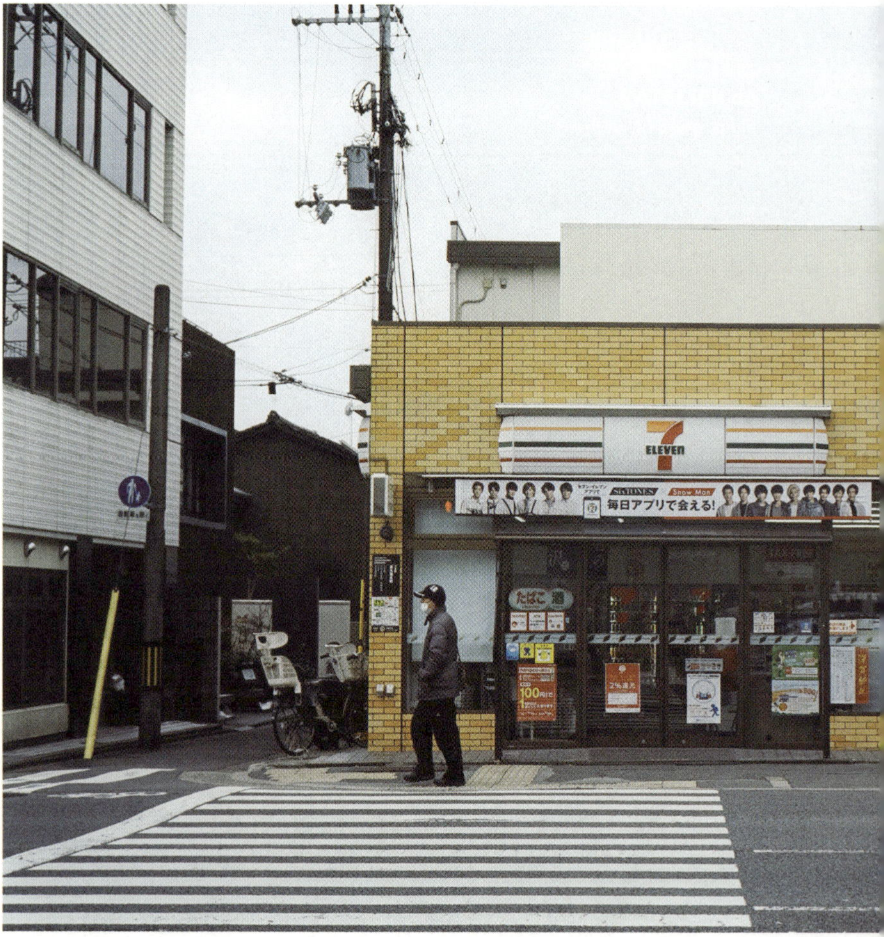

辑二 / 都市人的乡愁

吃在台湾

台湾虽只是个小岛，但在吃方面，却也体现了中国人"民以食为天"的精神。它是如此多元，除了食材丰富，各色料理俱全，连价位也十分多样，从高档餐厅到庶民小吃完全能满足每个人的需求，这都要拜不同时间迁徙来台的"移民"所赐。从最早来自南岛的原住民，而后由对岸沿海迁徙来的客家、闽南族群，而后占领过台湾的荷兰人、西班牙人、日本人，及后来随国民党撤来的所谓外省人，乃至近年陆续由东南亚移进的新住民，或多或少地都为台湾的饮食文化增添了新的元素。

原住民的风味餐，虽因不同部落靠山傍海在食材上各有撷取，但原则上都是有什么吃什么，且不太做储存，连有疗效的药草，也是现采现食，不像汉人的青草店多是将药草晒干后才熬煮成汤。但也因为就地取材，当许多常看到却不知能食用的动植物出现在原住民风味餐中时，就很是考验不同族群对饮食文化的认知了，但绝对能肯定的是，只要脱离所谓的都市文明，原住民朋友绝对存活得比我们好，因为大地海洋便是他们取之不尽的粮仓。

谈到客家料理，又和客族勤俭天性有关了，早先以务农为主的客家人，在烹煮食物的过程中，多是多油多盐的，因为好下饭才能多做活,且因为节俭及未雨绸缪,所以特别擅长腌渍菜干,光是芥菜便能变化出各式菜肴:刚收割的青绿芥菜直接以大骨高汤熬煮,是过年必备的菜;以盐巴暴腌、搓揉后,放入缸内,再注入煮沸后放凉的洗米水,浸渍两周后便成了酸菜;若经日晒加工则称为"福菜",和酸菜一样,佐以五花肉片或肚片煮成汤,是客家料理绝不能少的汤品。若将"福菜"继续曝晒至完全脱水,就成了霉干菜,用来炖三层肉是再下饭不过了。

而个头较小的白萝卜,切成不同形状、不同大小,经阳光曝晒后,则有不同的吃法。像这些由芥菜、萝卜、笋子、豆角、高丽菜等变幻出的各式菜干,都是标准客家菜不可或缺的基底。目前台湾到处都吃得到客家菜,但老实说我挺怕上城市里所谓改良后的客家馆,端上桌的都是快淡出鸟来的汤汤水水,所以要吃地道的客家菜,还是要到客家庄。不过与其上馆子,又不如找个客家朋友直接上门叨扰,因为最正宗的客家菜都藏在寻常百姓家,我就始终觉得外公家的封肉、蹄髈、鸡酒、酸笋、长年菜及各式内脏热炒,是所有外头餐馆比不上的。

至于传统的闽南料理多源自福建,口味都带点甜意。去年夏天去了一趟福州,便发现许多自小吃惯的餐点,原来都是先民从对岸跨海带过来的,连糕饼点心亦如是,只是随着食材、胃口的略异做了些微调,比如在台湾始终不退烧的蚵仔面线、鱿鱼羹、花枝(墨鱼)羹、肉羹便是典型的闽系羹汤幻化而成的;基隆庙口的鼎边锉,士林夜市的蚵仔煎(蚝烙)、包着绞肉的福州鱼丸、裹了花生粉的金门贡糖、夹了红豆馅的蒸糕、混了些梅粉葱油的雪花片,也都系出同门全来自彼岸;至于那宴席上的佛跳墙、红糟腐乳肉就更不必说了。

不过整体来说,台湾的闽南料理与客家菜一样,并不太讲究做工,有的食材够新鲜,或烫或炸,煮熟了即食,且不脱岛民豪放个性,总是大盘大碗伺候,尤以乡间婚丧喜庆"办桌"宴客最能领略其精髓;有时寻块空地或占用半边马路搭起棚子,摆上十几二十张桌子,架起临时炉灶便烈烈轰轰地蒸煮炒炸起来,置办出来的酒菜绝不输餐厅,而且少了装潢场地的花费,那菜色菜量都扎实得很,席间还有歌舞助兴,完完全全展现了台湾的乡土风情。

当然,另一种快速体现台湾饮食文化的方式,便是走访任一处夜市了。台湾夜市从南到北不下千处,贩卖的商品包罗万象,但其中仍以吃食为主,这些吃食摊子虽大同小异,但这"小异"正也是各夜市最具代表性之处,比如前面所提的基隆庙口夜市,除了鼎边锉,还有著名的炸天妇罗、奶油螃蟹、清炖猪脚,以及甜点汤圆及李鹄糕饼;若来到士林夜市不能错过的就是蚵仔煎、烤大香肠、炸鸡排、生炒花枝、大肠包小肠、"我家"的蜜豆冰,及以沙茶入味的卤鸭翅鸡脚。而其他散落在台北市区内的饶河、宁夏、华西街等夜市,则又有数不尽的各自的特色小吃。

台湾饮食多少也受到日本人的影响。小时候住外公家,每值出游,掌厨的阿姨为我们准备的午膳,便是包了紫苏梅的饭团,梅子是外公腌渍的,完全的日本风,咸酸到难以入口,但包在饭团中可防米饭变质,还可压抑晕车欲呕的恶心感。年节时,外公也会用小火炉烤乌鱼子佐酒,这是我们小孩子只能闻香的美味,那时以为所谓的日式料理即是味噌汤、寿司、生鱼片,后来才知道,其实一般面摊或海产店里的黑白切(意即随便切盘),其汆烫手法就源自日式极简风。

对台湾饮食冲击最大的则是1950年左右那场迁徙,由大陆各个省份移居来的人们，也把大江南北各种饮食习惯带进了这座南方岛屿。从小我们住的眷村就好似整个中国的缩影，逢年过节时，邻居伯伯阿姨们便会祭出压箱宝，烹调出各式各样的家乡味，过年必备的腊肠就有湖南麻辣肠、四川麻辣肠、广东肝肠、江浙豆腐肠，当然也有本省妈妈灌制偏甜的香肠；到了端午，各家又会端出不同造型、不同馅料的各色粽子，然而这批"移民"多是只身来台的，就算幸运能携眷，多半也仅止于年轻的妻子，少了上一辈的指导，许多家乡菜是靠着记忆加想象烹制出来的，且因为食材不全、邻友交流，最后所研发出的菜肴已分不清是哪一省的口味了，便以"眷村菜"名之，牛肉面便是代表性产物。

我的客家母亲便有许多这样不知如何归档的私房菜，其中除了从邻家妈妈那儿学来的南北料理，还有跟着父亲在外应酬上馆子、

回家凭臆测做出来的宴席菜。那时节上馆子是件大事，非得是婚宴、祝寿、升官才会花大钱在外庆祝，而这些餐馆多是外省口味，如北平烤鸭三吃、北方面食点心以及湘菜、鲁菜、川菜、粤菜馆，数量少得可以。

后来随着经济起飞，各色外国料理陆续进驻台湾，在我学生时代最流行的就是西餐厅，尽管刀叉并不比筷子文明，但年轻人就爱那西式装潢，以及西洋音乐的调调，即便所费不赀，男女约会仍爱到此报到。其后有一段时间，牛排餐似乎又凌驾一切之上，俨然是"西餐"的代表，且总是以炙烤过的铁板呈现（这又是受到日本人的影响），不管是夜市还是中间价位的牛排馆，至今仍维持着这用餐方式，台湾人若没听到铁板"滋滋"作响，便不觉得自己是在吃牛排。

类此一窝蜂赶流行的还有港式饮茶、韩国石头火锅、土鸡城、泡沫红茶店（附各色小点）、葡式蛋挞、珍珠奶茶、意大利比萨、日本拉面、小笼包等，近年随东南亚新住民而来的泰国、越南料理，也搭上了养生风给炒作了起来，这些外来料理，或本地人研发出来的饮食，其中不少如昙花一现后便销声匿迹，当然也有经得起考验的，就此落地生根成了台湾饮食文化的一部分。

我在成长过程中，亲历了台湾饮食的诸多变迁，在物资匮乏的年代，人们对吃的要求仅止于温饱，偶尔吃到舶来食品便惊艳不已；幼稚园时喝到人生第一杯咖啡；十岁时在百货公司吃到第一支冰激凌；初中毕业时用刀叉享用第一份"滋滋"作响的铁板牛排，二十五岁吃到用牛油炸的薯条、鸡块——因为麦当劳、肯德基快餐餐饮是在那年才大举入侵台湾的。

之后的三十年间，台湾也曾度过一段经济躁动期，表现在饮食文化上，便是极尽炫富、浪费能事，一个月饼卖到数千元，一席鱼翅鲍

玉興銀樓
伴手禮
TAIWAN Specialties
大新皮鞋
123
0955602832
原饒河夜市
123號老店
Since 1978
足底按摩
足底マッサージ
Foot Massage
美人坊

鱼宴万元起跳，吃到饱的自助餐厅大行其道，好在这样的状况随着经济退烧也慢慢过去了。现在台湾流行的是小确幸，藏在巷弄里有个性有特色的小餐馆，靠着口耳相传，兢兢业业守着自己一片小天地，有周游列国回来后开的异国料理，有传承阿嬷的古早家庭味道，也有打着健康环保旗帜卖的当地有机蔬食，这也间接鼓励了小农的有机耕作，如此返璞归真总是件好事。

  这一年来我鲜少外食，甚至连上市场采买的时候都不多，平日餐桌上多是自己地里生养的青蔬、野菜、鸡子儿，有什么就吃什么，这样自给自足的饮食方式，不仅让碳足迹化为零，也好似回到玩扮家家酒的童年时光，餐餐都在寻宝、餐餐都是惊喜。这也能算台湾饮食一部分吗？我倒希冀如此。

067

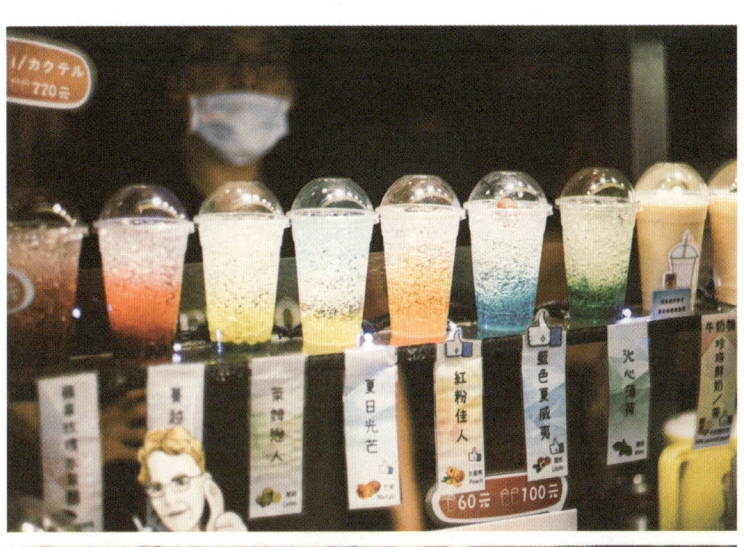

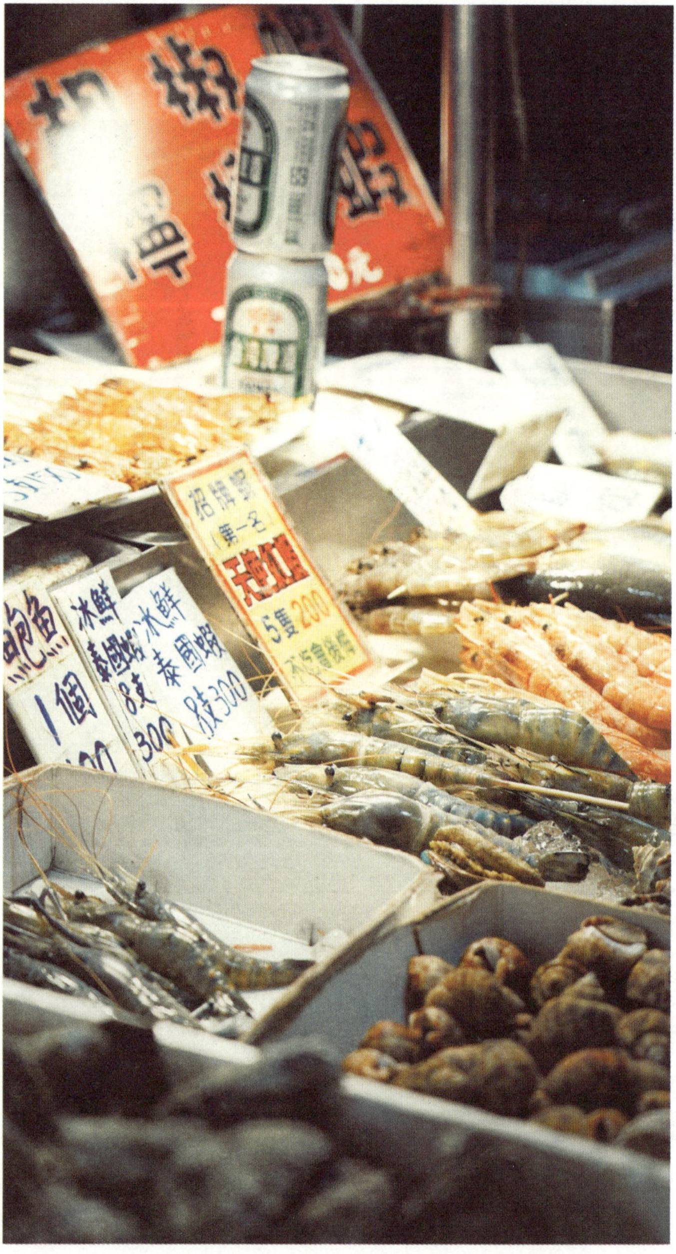

味觉的烙印

人对食物的好恶有时是说不准的,同样一种食材或同一道料理,有人视作珍馐,有人却弃如敝屣,这也许可归为先天味觉的差异,但我以为影响最甚的是孩提的记忆,儿时的美好饮食经验,常会让人终生恋恋难舍,总想回味那萦绕在唇齿间的美好滋味。

小时候,在猪还未被大量经济化饲养前,所有内脏都是被视为珍品的,那时节还未被抗生素污染的猪肝,甚至是被当作补品看待的。记得每当父亲熬夜通宵写稿,隔天早晨母亲便会为他煮一碗佐以姜丝、小白菜的猪肝汤补元气,那汤头是如此诱人,常让我忍不住在一旁馋嘴,母亲总会分一小碗汤给我,碗里虽只有青绿的小白菜,但那份香气已够我解馋了。这份记忆让我长大后,对猪肝、小白菜完全无法抗拒,不管是热炒、煮汤,小白菜永远是青蔬中的首选,至于猪肝或卤或煮也是诱人异常,即便它是堪虑的食材,仍令我好难不动箸,这全拜儿时记忆所赐。

笋类一族也是令人难以抗拒的珍品。客籍母亲过年时,总会以高汤熬煮笋干,经曝晒腌渍过的笋特有一种鲜美,那天然的酸涩经浓郁的高汤润泽后,是年节期间大啖鱼肉后解腻的最佳良方,且它经煮耐熬,甚至是越煮越润口,是我们家必备的年菜。至于端午后出土的绿竹笋，同样以高汤炖煮，起锅前撒上一撮九层塔，那爽脆清香也让人停不下筷子。我们姐妹仨同是笋子的拥护者，所以母亲总以直径四十厘米宽的大锅伺候，一餐就能解决二十斤鲜笋。这也使得我至今面对各式笋料理，都只有举双手投降的份。

自小也常听父亲说起属于他的乡愁滋味，醋熘鸡子儿加些姜末可解想吃螃蟹的瘾（顶好让蛋白蛋黄分明些，再保持些稀嫩，就完全是大闸蟹的风味了）；腌渍后的胡萝卜炒鸡丝则别有一番风味；香椿拌豆腐也是家常美味……还好这些菜肴在台湾都置办得出来。

最让父亲念兹在兹的是荠菜，从小听父亲形容它的好滋味，直至回到老家才终于明白它令人魂萦梦牵的理由，以鸡子儿香煎最能显出它的鲜美，那是一种难以形容、会让人上瘾的滋味。回到台湾上穷碧落下黄泉地寻觅，才终于搞懂，此仙株产期忒短，晚冬初春时节才看得到它的芳踪。我曾试着在自家院子撒种，培育了几年总不成气候，收集半天只够炒一盘鸡蛋，后来把眼光向外放，才发现它成群结队地出现在贫瘠的马路边、公园的杂草丛里，自此开车分心得很，但也因此找着了许多荠菜群聚地，竟然足够到包起饺子来，只是遗憾已无法和父亲分享这份奢侈。

童年每值端午，母亲包的是标准客家粽，蒸熟的糯米拌以炒香的虾米，以及切成丁的香菇、猪肉、豆干、萝卜干，再包进粽叶中蒸透，相对于别人家大块肉还加了咸蛋黄的粽子，这客家粽还真有些寒酸。而父亲包的粽子更是简洁明了，除了圆糯米什么都没有，煮到透烂蘸白糖吃，唯一引起我兴趣的就是它那造型，呈长圆锥形，被父亲命为"胜利女神飞弹"。但等到长大后，大鱼大肉吃怕了，才发现客家粽的Q弹喷香是其他门派粽子无可比拟的，至于父亲的白粽子，更是越年长越能品出它的清香隽永，单纯的糯米香、粽叶香，佐以绵密的白糖，是足以让人翘首巴望一整年的。

这次去芬兰出任务，一下飞机便听闻早到一个星期的几位联合报记者，已在四处寻找中国餐馆，被我狠狠嘲笑了一番——中国人总是如此，好不容易出门在外，不好好享受异国餐点，却只想回到自家厨房取暖。不想，才吃了两天的培根、火腿、面包、色拉，我的脾胃也犯起了思乡病，还好有先见之明，带了几包泡面，晚上回到旅馆，一碗热腾腾的汤面下肚，真是"南面王不易"。

待到第六天，终于自打嘴巴地跟着那些记者先生小姐们，在赫尔辛基觅得一中餐馆，打开菜单，每小盘热炒平均六百台币，贵得吓死人——这样的价钱在台湾很流行的"九九"快炒，可点上一桌六盘菜还有找。但一行六人包括我在内谁也没抱怨，全员埋头大吃，盘盘见底，约莫把人家的饭锅也给清空了。

为此，我老有股冲动，想到芬兰开家面馆，在那半年落雪的国度，一碗热腾腾的牛肉面下肚会是多么熨帖脾胃呀！不然开家火锅店也一定生意兴隆，若外国人吃不来麻辣锅，用酸白菜、青蔬或西红柿打底也可以，甚至在路边摆个"关东煮"的摊子都好……天马行空做了老半天的白日梦，才发现全是白搭，因为西洋人不会用筷子，以刀叉吃这些汤汤水水的料理肯定是很折磨人的。

面对西洋人的冷锅冷灶，中国人无法委屈自己的脾胃，便得生出许多权变；出国留学也好，移民也罢，行囊中绝不能少的就是电饭煲，除了可以烹制白米饭，还可以蒸煮一些简单中式料理，书市就有贩售如此的电饭煲食谱。也因为中国人的坚持，异国的唐人街便应运而生，因此各式食材也多半都买得到，如此的不同光同尘，真不知是好是坏。

看来，自小养成的胃口，就像烙印般想祛除都难，这大概在中国人的身上尤其明显。

巷弄风情

每到一个城市，我总喜欢在一些小巷弄里晃荡，感受市井小民的真实生活样貌，如此贴近当地人们的生活，往往也成为日后最念兹在兹的所在。

之前走了一趟台南，为的是去看父亲在文学馆的捐赠展览，因为搭的是高铁，再转坐巴士进市区，在参观展览结束后，距回程的班车还有一段时间，便在市区随意晃晃。之前来此演讲不下五次，多是自行开车匆匆来回，去了几处景点，观光化得严重，走访的当地夜市，以号称美食之都的标准来看，也令人失望。不想这次去，因正逢溽暑，为避开炙人的艳阳只好往巷弄里钻，却钻出了不同的南都风情。

首先是那袭人的凉风把心神给抚平了，这才意识到这是个濒海的城市，风里带着海洋的气息，在这午后时光，有种独特的闲情逸致。街头巷尾时不时出现的面摊、饮食店，错落的食客们吃的不知是午餐、下午点心，抑或是早餐。见他们趿着拖鞋、穿着随意，完全像是从卧榻才起身般的悠然。我们也随兴地点了些吃食，这才知道所谓的美食在这不起眼的骑楼底下，不仅花样繁复且物美价廉。

有的巷子狭窄到只够错身，稍宽些的在巷口也会竖着立杆防止车行，穿梭其间不必烦忧人车争道。两旁改建的新楼都不高，保留下来的旧屋也都整理得干干净净,这新旧并陈的景观倒很奇特地无违和之感。仔细琢磨,或许因为这些新楼都非财团建商所造,规模小不夸张,因此与周遭环境倒能融合,而不时低飞掠过的军机,是不是也限缩了这城市往上发展的空间?也因此侥幸保存了这城市质朴悠缓的一面。

相对于台南的古朴,台北显得时髦些,人们的步调也相对紧凑些,但较于其他大城市,台北仍是悠缓的,因此许多外地来的朋友,都十分享受在这城市悠悠荡荡的乐趣,吃吃走走、停停看看,便晃出了不一样的风情。近年来吸引了许多港澳地区的人们在此落脚,理由便是台北的慢生活。

之前听到这样的说法,对偏居山隅的我来说,是难以置信的,也许我对这自小成长生活的城市,还停留在三十年前的印象——是个令人想逃躲的地方:捷运正辟建以致交通常处瘫痪状态;原有的旧建筑遭拆除改建高楼大厦,以致处处是工地;全民皆股民地疯玩股票以致人心躁动到一种地步。对当时初入社会的我,真的是难以找到留下来的理由,只得移居偏乡另觅安身之所。

之后随着捷运开始营运,路面上汽车大量减少,交通顺畅了,空气也变好了,与此同时,经济发展因大环境的缘故,陷入停顿状态,天际线不再日新月异,城市里也不再听闻重机械震耳欲聋的打桩声,整个城市至此才尘埃落定沉静了下来。

经济发展疲弱,却也使台北避开了过度开发的噩运,外销不足,改向内需发展,因此造就了许多小规模的个性化产业出现。来不及拆除的老建筑也因此得以幸存,与文创结合成了有主题的艺文中心或小咖啡馆,让台北多了些人文气息,巷弄里也平添了些异国风情。

当然除了一些无心栽柳的因由,造就了台北的可看性,也还因为一些人抱持着某种信念,使得这城市更朝着绿化漫游的方向发展,像是作家龙应台在她的任内,便明定了凡五十年以上树龄的树木均编列造册不得砍伐,这不仅使老树得以继续存活,也让周边的老建筑保住了存续的机会。这些隶属各公家单位具有历史性的日式老屋,多曾为名人雅士寄居过,如今经整修以原貌再次对外开放,或诗社,或纪念馆,或咖啡屋,任谁都可以进出,也可以在此办活动,遂使市民们的休闲生活更增添了许多选择。

目前的台北还适合漫游,尤其是那些饶富特色的巷弄更值得一探再探。喜欢古早风情的可在台北火车站周边晃悠,不管是迪化街、宁夏夜市、西门町,还是较远一点的华西街,都能看到台湾庶民真实的生活样貌;若往城东走,永康街、青田街、温州街的人文艺术气息,则很受文青或曾是文青的青睐;不过抛开这些热门路线,我更喜欢在一些不知名的巷弄里穿梭,也许某个转角、某个巷尾,都能有让人惊艳的所在。

记得一次和妈妈、姐姐在松山机场附近溜达,那儿有许多老社区,房子虽旧,但都整治得干干净净,更重要的是一旁的路树都郁绿郁绿的。我们以之字形游走其间,不时会遇见几只被冬阳晒得暖烘烘的猫咪,它们不怎么怕人,懒洋洋地和人互动着,想是这儿的居民都是友善的,至少容得下这些街猫拥有一席栖身之所。

后来逛累了,又有些饥寒,便就近来到以卖凤梨酥闻名的"微热山丘",才刚靠近店门口,便见里面抢着出来三位服务人员,忙着帮我们把轮椅收妥,扶着不良于行的妈妈就座,随即为我们一人端上一盏茶水,并附上一块凤梨酥,而这都是免费提供的。虽然也附设了贩卖部,但买不买全随缘,里面空间宽敞,盥洗间也干净明亮,这样的服务真的很贴心，若说台湾最美的风景是人，那么"微热山丘"真的会让我感念在心。

在台北悠游，还有一令人感动之处，就是它真的提供了无障碍的环境，推着轮椅时最能感受到这一点。过马路、上人行道，乃至走进店家，几乎都是畅行无阻的。当然，早期的台北并不是如此，当时大家也曾理所应当地认为，视障、残障人士及老年人，就该乖乖待在家里，谁叫你一天到晚在外面乱走，若路上摔了、跌了就自认倒霉吧！当然，老龄化是促生无障碍环境的推手，但我以为人文底蕴的厚实，更是台北能一步步走到今天的最主要原因。

我喜欢巷弄，诚如我最眷恋北京之处，不是故宫，不是长城，甚至也不是那些有名的胡同，而是我下榻酒店周遭的巷弄。清晨熙熙攘攘赶着上班上学的人潮，摆到人行道上的菜摊、水果摊，支开一扇窗卖烧饼的早餐店，还有那杵在地上一袋袋的杂粮摊，这于我才是最鲜活的城市样貌。当然，最让我魂萦梦牵的就是那旅游书中不会介绍的"大公牛"火锅店，汤头鲜美、蘸酱纯正，会是我重返北京的诱因之一。

日本京都也是适合在巷弄里晃悠的城市，除了近圆山公园的艺妓屋、四条河源町附近的居酒屋巷子，更可观的是任何一户平民百姓家的院落，抛开外面大马路的喧嚣，走在多是石板铺就的巷道里，静静地走过一家又一家，那会是视觉最奢华的飨宴。虽然日式庭园有时过于精巧，但那一株株的樱粉枫红葵紫楠香，可都是货真价实地绚烂在这寻常百姓家里，且连擦身而过身着和服的女子，都美得如此家常。若移驾至不远的奈良，那么与你在巷道里错身而过的，有可能是半人高的小鹿。

要认识一个城市，看繁华热闹的大街道是不为准的，因为每个地方的街景都差不多，有时连广告牌都一样。当你搭捷运从某个地底钻出时，抬眼望见那跨国企业的广告们广告牌时，有时会一阵昏眩，突然疑惑自己身处何方，台北？香港？北京？东京？唯有走进巷弄里，才有笃定踏实的感觉，才能深刻了解一个城市的底蕴。

如歌之行板

人类以最原始的双腿究竟能移往多么遥远,当这移动已不止于工具性,那么它又负载着什么样的意义?

其实在开始有走的欲望时,并未想这么多,就只想关上家门,携带最简易的行囊往外走,东西南北方向均可,只要有路,靠着双腿把自己移动出去,没有时限,没有目的,没有意义,就只是走,不停地走……

说是想望也好,说是执念也罢,这萦绕在心的渴望,终于在三年前实现了,而它的最初实践竟然是从城市开始。三月在京都,到之后定居台北,随着足迹的移动,我又重新认识了这两个城市,一个是我以为够熟悉的古都,另一个则是自小成长的城市,经过一次又一次反复行走,它们遂有了不一样的风景。

尤其台北,这该是熟得不能再熟的所在,承载了我童年青春的无数记忆。当我结婚成家时,也正逢它大变动期,捷运兴建带来的纷乱,别说车行,连人要好好行路都难,老房老街拆除工地遍野,噪音、空气污染如影随形,不耐她的变乱,我选择逃躲,逃到乡野,以为自己再不会回到这生我长我的城市居住。

这三十年间,台北历经土地炒作躁动期,也因金钱游戏而浮夸奢靡到一个地步，但随着经济泡沫幻灭，它渐渐沉淀下来，许多来不及拆的老屋、来不及砍的老树都给保留下来了。当我三年前回到台北定居时，她已成了一个新旧参差、繁复多样、步调和缓的城市，于我，则可说是一个适合步行的城市。

台北不大，真的不大，一天的脚程绝对可以从城南走到城北、从城西走到城东。我便曾花一日时光从台北东南角麟光，穿越城中走到西北市郊淡水，扣去歇脚用餐时间，总共用了十个小时，三十三公里。这类似苦行的走路，当然谈不上游山玩水，但最明显的收获便是明白台北真的不大，至此游走这城市，靠自己一双腿再也没有什么到不了的地方。

从京都回来后，延续行脚僧的习惯，以借住之地展开漫步。沿景美溪、新店溪的河堤北行，一路可走至淡水，甚可直达出海口，虽未全程一口气走尽，但断断续续也差不多走过了。贴着河顺着城缘走，上游青山绿水赏心悦目，然一旦行经人烟稠密处，便有窥见城市背面的无奈。经水闸流出的家庭废水，带着浑味儿淌进大河，群聚着万头攒动的吴郭鱼，也只有这种鱼能存活于如此这般的水质，且还赖此污水生养。离奇的是，溪畔不时有钓者身影，教人好生疑惧，这样的鱼钓来何用？难不成真携回家煮来吃？

这河堤道路标示着公里数，行走其间，不自觉地会计算着里程，有些行军的意味，若单纯放空健走是可以的，若想走走停停看看想想，那么还是穿梭于大街小巷来得有意思多了。

我的二姐早已是城市漫游者，次次着她带队赴日旅行，行程中鲜少乘车，绝大部分都是安步当车。她平时游走于台北也是以脚这最原始工具为之，一日十公里起跳，二十公里是常态，仅是这三年来她累积的里程便达一万三千多公里,若拉条直线,从台北出发,已可达非洲。几个月前,我开始加入她的城市漫游,每天午后结束在咖啡馆的写稿工作,便展开我们姐妹俩的行走。

以位于城中的咖啡馆为出发点,辐射出如蜘蛛网的漫游地图,若有任何目标,那也就是某处心向往之的吃食,如我们姐妹现阶段最爱的韭菜煎包,如拳头般大小的煎包,我们总是一人三个起跳,外加一碗绿豆稀饭和五碟小菜。如此肚量,每周固定报到两次,店家已熟稔到一进门不必点餐就六个大包子端上桌,总怀疑我们早被他们冠上"六煎包姐妹"绰号。前日去,他们公告即将放寒假一个月,之前就以夏天韭菜不美放了两个月暑假,惹得我们姐妹俩哀号连连:"是怎样?有人这么做生意的?"不能说我们走路是为了吃食,但每值"煎包日",总让我们从早起便心情美丽。

从位在西门町小南门的"张记韭菜水煎包"饱食出门,往北走,经西本愿寺、红楼穿过西门町闹区,再往北走,过北门走两条街,便是迪化街。这儿的永乐市场是布匹集中地,年轻时喜欢手作的我,来此好似进入异想世界,每块布、每只扣饰、配件,在我眼中都是无限可能,它们可以幻化成背袋、靠垫、桌巾、椅套,随着一针一线,想象中的对象便能一一浮现。但时不我与,在有限余生里只能挑最紧要的事做,但置身如阿拉丁宝藏的斑斓彩布美饰中,仍需发挥些克制力才不致身陷其中。

一旁的霞海城隍庙则是年轻男女求姻缘所在,听说灵极,以致随时都汇集满满人潮。人生感情课题早毕业的我,总忍不住想和那些年轻孩子们说:"嫁娶不见得适合每个人,婚姻不是人生唯一选择。"如此苦求的姻缘真的是自己想要的吗?要不要再多想想?但对满负家人期待、社会规则制约的年轻人来说,我的这些想法不过是风凉话罢了。

所以继续前行吧！走进南北货、中药材聚集之地，即便不买，也可停停看看，除了辨识来自四海的食材，还能行行止止缅怀老街老建筑的风貌。这迪化街在十八世纪中期就已开始发展，当时淡水河尚未淤积，临河的这片区域，得地利之便，遂慢慢成为货物集散处，商业繁荣之所在。现在看似老旧的红砖瓦顶建筑，在百年前可都是洋楼、洋行、有钱商人的聚脚处，依其富裕讲究程度，楼面或巴洛克或中国风，都有可观处。虽在20世纪80年代曾经因为都市更新计划，险些因公共安全问题及道路拓宽而遭拆除，幸而经当地居民、台北市民及学者专家共同奔走努力给保存下来，现有七十七栋老屋被设定为历史性建筑物，而后又在官方民间共同重整复建下，遂又恢复了荣景，若是农历年节前到此地一游，人潮的拥挤绝对超出想象。

近年来，这迪化街慢慢由新一代年轻人接手，许多老屋摇身一变成了咖啡屋或文创产品展售馆，也不时有艺文活动在此展演。原本狭长的店面，因为天井后院整理出来，多了采光，添了绿意，又出现另一番不同风貌，很是吸引文青的青睐。我和姐姐虽仍然喜欢在南北旧货中打转，但看着这老城区不断有新元素加入还是开心的，多元化的发展对传统延续是有正向帮助。

不管是走在新旧并呈的迪化街，还是红楼及周边艋舺万华，这于我并不熟悉的西城区，也是台北最早发展区块，姐姐总导览般地为我说明某个建筑物的历史背景，及与之相关的人事物，我的近代史的课程便随着如此一步一步的漫游补修起来。

若上的是自然课，我们则会从煎包店往南走，近处的植物园是最丰富的天然教室，借着姐妹俩讨论，重新认识各式各样的植物，有真认不出的又没标注说明的，就辅之以手机查询，有的植物学名复杂且长,便用笔记下来反复念诵,隔几日忘了就再念诵几次,终究是可以牢牢记住的。有时我们也会出题让对方指认,年逾六十还能时时学习新事物也是一种幸福。

较之于植物园里的奇花异草,新公园、中正纪念堂、大安森林公园里的花草树木就更贴近日常生活了,所以这些城市公园也是我们游踪常往之处。只是我的注意力常被出没此境的活物给分心,一惊一乍的松鼠也好,各式禽鸟也罢,连一动也不动像木雕的黑冠麻鹭,我也能看得有滋有味,不然,我的城市步行里程是会更可观的。

除了城市漫游,我们的足迹也遍及偏乡,从前年起,我和姐姐陆续参与了动保朋友"校园犬猫计划"环岛步行。台北动物收容所实施零扑杀,这固然是好事,但因缺乏配套措施,以致收容的犬猫数量暴增,一场流行病便可能造成大量死亡。若一所学校能收养一两只犬猫,不止可给流浪犬猫一条活路,对孩子们来说,也是最好的生命教育,从小拥有与动物接触的机会,尤其是身旁弱势的动物同伴,那会比要他们保护鲸豚、濒临绝种动物来得更真实更贴切。我们的行走,每经一所学校便打卡注记,冀望校方能知道这计划,从而了解并支持。

在我和姐姐加入前,这些动保朋友已绕行台湾一圈半,我们陪走的是东台湾花莲至垦丁这一段,第一次花三天两夜从玉里走至知本,平均一天三十公里,从天未亮直走至夜幕低垂。至第三天时已完全铁腿,中午在卑南用餐毕欲如厕时,却见店家茅厕需蹬三阶且采蹲式,更要命的是马桶旁全无辅助撑架,就算能蹲下去,也肯定站不起来,"唉唉"叫之余,只得多走百米到一旁的乡公所残障厕所解决。

第二次四天三夜接续前次行程,从知本走至台湾最南端垦丁,其中最艰难的是从台东达仁横跨南台，直抵西岸枫港，全程三十八公里一天完成，只有一处便利商店可补给。重点是我们走的南回公路需一路爬坡，且大卡车来往不断，行走时身心压力均大，好不容易登至最高点，满以为接下来一路下坡很好对付，不想行经一工地，路面湿滑，一个闪失膝盖便直冲地面，撞击点正是孩提时受伤打过石膏之处，怕影响军心直说没事，其实痛得厉害，接下来的二十公里我便在该不该继续走下去中挣扎。走，怕伤越发严重留下后遗症；不走，置同伴们不顾？那就再挨会儿吧！如此机械化再走了一阵，心底便升起诸多念头："我这么走是为什么？""这样走的意义何在？""我精神异常了，跑到这荒郊野外胡乱行走？""我真是个精神病！"……直至姐姐在前面出现个侧空翻，我这才停止了自哀自怜。据姐姐的说法是她正查看手机地图，没注意被一块小石头给滑了脚底，身手矫健的她落地前还谨记千万别摔到路边白线外，被大车碾到就划不来了。我们不约而同摔倒后的第一反应都是别让同伴知道，怕给别人造成负担，事后我们才知道，同行的每个人都曾闪过一样的想法。年轻一代的同伴几次想放弃，却看到我们这些长辈都还坚挺着，便又鼓起力气继续撑着，我们就这样互相激励，或者说彼此误解地走完了全程。

　　这个月初，这些动保朋友们又展开第三次环岛步行，她们打算花半个月从台湾北端沿西岸走至最南端，我和姐姐只参与其中三天行程，不想路上尽逢大雨，每天才出门便从脚湿透到头顶，到民宿想换件干衣服，背袋里的每件衣物却都拧得出水来。其间穿越以九降风闻名的新竹，除折毁两把雨伞，还因两座大桥护栏施工，险险连人带伞给吹落桥底。

　　我们如此几近自虐似的苦行，究竟所为何来？我的一位心理学教授朋友直言，定是心里破了个洞才需以此方式作修补。想想也没错，我们这些动保人日日在街头护猫护狗，为那些伤病无助的生命和死神搏斗，老实说，失败的时候居多，面对一桩桩力不从心，看着一个个生命流逝，要多强壮的心脏才承受得了？别说是洞，早已千疮百孔。

就如这计划发起人，也是我的学妹那布朗，长年从收容所带猫出来，经悉心照料驯养后，再严选认领人送养出去，但很可能因猫瘟或其他流行病存活不到半数，有时甚至悉数阵亡。日复一日，眼睁睁看着一个个小生命从病弱到死亡，除了绝望再没别的。我就曾认养过一民间动保团体的犬舍，金钱、喂食、清洁工作都尚堪负荷，但当一场犬瘟热侵入，眼见狗儿陆续发病，即便给予医疗支撑，仍一只只倒下，它们临行前的眼神我认得，也永远无法忘记，那令我几近崩溃。

所以经由一次又一次的长走，烈日暴晒、风摧雨残，像试炼自己底线般的苦行，完成了，便验证自己其实还是可以的，还可以再坚持下去。简单说，是在磨炼心志，进一步说，成功完成一件艰难的事，是足以支撑人继续面对眼前人事已尽却如精卫填海般的无奈。所以即便脚走到磨出水泡破了再起水泡，即便被艳阳炙到回家连猫都认不得，这苦行还是会继续走下去的。

如今，不管是在城市游走重习历史、找寻年少时的记忆，还是云游似的漫步四方，行走于我，已是一种生活方式，只要有双好走的鞋，只要有双能动的腿，我实在想不出不继续走的理由。

台湾夜市

虽然世界各地都有市集摊贩聚集活动，但大概没有一个地方会像台湾的夜市密度如此之高、如此之欣欣向荣，它已成了特有风情，是来台湾观光绝不可错过的风景。

台湾的庙宇特别多，每值庙里举办各式活动，如神明寿诞、节庆祈福、酬神还愿，都会涌入大批善男信女，这时逐人潮而居的摊贩，便会群聚庙宇的周边卖吃、卖玩、卖喝。这些摊贩们普遍具有超灵敏的雷达，总能预见商机出现在人潮聚集之地，比如军队实兵操演，在山林田野间行军备战，一切行动均属高度机密，参与者等闲不知下一步行动为何，但每值要休憩时，便会发现临时驻扎地早已聚集了各色小贩，即便是鸟不拉屎、鸡不生蛋的荒郊野外，也都能受到摊贩们的热烈欢迎。所以呀！要搞情报，绝对别忽略了这些灵敏度特高、机动性特强的小贩们。

但最扯的，莫过于三十多年前一架远航班机因金属疲劳在苗栗上空解体，飞机残骸及旅客的尸体就这么散落在火炎山区，警察、消防队当然是最先到达现场的，但接踵赶来的便是这些流动摊贩，因为他们已预见会有大批看热闹的群众涌现，最后还真被他们的雷达测中了，于是便出现了一群人边吃热狗香肠边看救灾的荒谬画面，还好这事件经新闻媒体大肆挞伐后,便没再出现过了。

有些庙宇香火鼎盛,一年到头人气始终畅旺,有些摊商便在此停驻了下来,有些甚至以店面经营的方式做起长久生意,与庙方形成一种共生生态,彼此鱼帮水、水帮鱼地营造出一番热闹欢腾的景象,在台湾各地许多有名的夜市(早市亦有)便是这么渐成规模的。

在大城市里,夜市摊贩便多是如此定点经营全年无休的,而每个夜市又都各有特色,如最北端的基隆庙口夜市,它的鼎边锉、天妇罗、纪家清炖猪脚及甜食汤圆、糕饼、芋头冰都是不可错过的;台北士林夜市则以蚵仔煎、大香肠、大饼包小饼、蜜豆冰为代表;外国人爱去的华西街不时有杀蛇秀可看(为此我是从不去这万华夜市的);前身圆环的宁夏夜市,本身占地不大,但若是把周边的街道及不远处专卖南北货的迪化街也算在内的话,便大有逛头,除了各色美食,还可在这旧城区的街道巷弄里,发现不少过往岁月的痕迹,足以缅怀往昔台北的风华;相对而言,饶河夜市就算后起之秀了。往南走的新竹城隍庙、台中逢甲、台南花园,以及高雄的六合,也都是颇负盛名的夜市。

早期,夜市还未那么观光化前(和目前相较,最明显的便是物价已涨至两倍有余,而薪水却近二十年未调),客源多是一般庶民及年轻学子。我还在读书时,和死党最常猎食的地方便是夜市,因为在选择上饶富弹性,钱少吃个一两摊就打住,若口袋满些就多吃几摊,年轻的欲望是无底洞,夜市的多样化足以饕养各式感官,味觉无法餍足,还可以靠视觉、嗅觉想象。

那时我也会独自徒步穿越半个台北,就为士林夜市的那一摊,因为老板夫妻都知道我爱吃蚵仔煎却不敢吃蚵仔(海蛎),特会为我多加一颗蛋，连搁在里头的青蔬都特别多（冬天茼蒿，其他季节则是小白菜，都是我的最爱），所以我这盘客制化的蚵仔煎总要比别人的大上一圈，再怎么长途跋涉也是值得的。若是去北海岸游玩，最后多会选择基隆庙口画下完美句点，那时还没奶油螃蟹，也还吃不起清炖猪脚，但鱼浆打制Q韧鲜美的天妇罗、油炸餐包夹蛋及色拉的台式三明治、一碗或芋头或红豆刨冰，就已满足得不得了。

所以会从流动摊贩群聚成夜市的，除了庙宇道观，便是学区周边，尤其是外宿外食大学生活动频繁之处，如台大、师大都各有其小型夜市商圈，中坜中原大学、台中东海大学、台南成大附近也都聚集了不少餐饮服饰店，要说它们是小型夜市也不为过，近年则以台中逢甲夜市最为红火，不过来此消费的观光客人潮早已淹没了逢甲的大学生。

走出大城市，来到城郊乡镇，夜市则多采流动的方式存在，如我曾居住的苗栗市，从周一到周日都有夜市可逛，但每天摆摊的地点都不一样，或玉清宫前、或县政府广场、或学校旁的空地，同样的摊商、同样的面孔，却总在不同的地点相聚。比如星期二晚上，便固定在我女儿保姆家门口那条街道摆摊，除了车子需停外围些稍有不便，大家似乎都满意于这些摊贩进驻，从傍晚起，便可看到一辆辆面包车陆续到位，接着摆桌椅、布置货品、拉电线，待天色渐暗，那一盏盏明亮的灯泡便把整条街装点得热闹滚滚。

这一晚，孩子们都无心吃饭，桌上菜肴再丰盛，哪儿比得上门外那些盐酥鸡、热狗、爆米花、冰激凌？此外还有弹珠台、射气球、套圈、捞小鱼、抽兔子的游戏等着他们去大展身手。而大人也没闲着，客厅里泡茶聊天，想到了就到外面买包炒蟹脚或五香鸟蛋，继续吃着聊着,夏夜佐杯啤酒,冬寒温盅高粱,还有什么比这更惬意的?夜市之于乡野人,有赶集的热闹、有嘉年华的欢喜,它让平淡无奇的生活,多了些盼头。

若不求精美,在夜市里吃穿用度大致都能得到解决,市井小民、阮囊常呈羞涩的学子尤其如此,年轻时,我的行头便多在此置办,搬至乡野后,逛夜市像在寻宝,苍蝇拍、抓痒的"不求人",以及一些早以为绝迹的物件在此都能觅得。如今年纪长了,挤不进那万头攒动的人潮里,而那些安全堪虑的美食佳肴似乎也没那么诱人了,从周边擦身而过时,那萤萤灯火的夜市,只成了缅怀年少轻狂的所在了。

都市人的乡愁

三十年前,我结束了手边的工作,那是一份朝九晚五十分苦闷的工作,三年的时间,局限在一栋古旧的日式宅第里,编着一部不合时宜的"三民主义"大辞典,我所领的微薄薪资,在都会生活仅够糊口而已。与此同时,却正是"台湾钱淹脚目"的时刻,全民均陷入炒房、炒股的热病中,拥车人口也急遽攀升,台北的交通只有一个"乱"字可形容,整个城市像个压力锅似的,呈现一片浮躁、烦闷的景象。我实在是找不到任何留下来的理由,于是毅然离开从小生长的台北,搬到百公里外的苗栗,寻找自己可以安身立命的所在。

这苗栗市算是一座山城,也是一个客家庄,因为客族节俭保守的个性,所以即便是个城镇,发展却十分迟缓。当时的连锁商家,几乎没一家在此落脚,卖日常用品的店铺,仍维持着儿时杂货店的样貌。至于餐厅饭馆更是少得可以,也多半以家庭方式经营,且晚餐时间一过就打烊,有时晚课结束,想找家小铺子吃碗面都难,也因此当第一家便利商店"SEVEN"入驻时,即便当时他们所贩卖的熟食只有茶叶蛋、热狗、面包而已,即已让人感激涕零,我也因此才明白都市人的乡愁是什么。

如今台湾的便利商店已无处不在,且提供的服务包罗万象,光是食物便琳琅满目，多到不胜枚举，如基本款的轻食、点心、热狗、大亨堡、饭团、三明治及关东煮，花样口味便繁复到令人难以取舍，至于可现场微波加热的便当、烩饭、炒面等更是扎扎实实可填饱肚子解决三餐的，且制作用心不会敷衍了事。像其中一款炸酱面便深得我心，味道纯正，不过咸也不过甜，即便是微波食品，那面条仍能保持弹牙的嚼劲。去年还推出新款波浪形的炸酱面，近两厘米宽的曲浪薄面，裹着浓郁的酱汁，入口滑润Q弹，是令我期待的外食。

烩饭、盖饭及便当之类的米食，所使用的亦是上等好米，粒粒晶莹饱满，唯分量小了些，男生约莫要吃两份才能有饱足感。其中也有不少轻食是专为女性同胞设计的，除了饭团、三明治，还有各式色拉及切妥的水果盒子，苹果、香蕉亦有单个贩售的。我们这些家庭主妇觉得贵，可却是粉领族的最爱，这些打开包装即可食用的蔬果，对外食便当吃腻的上班族来说，真的是很大的福音。

便利商店推出的美食，还会随着季节递嬗不停地做各种变化，如夏季供应的凉面便有无数种口味可选择，中式、日式、韩式，辣的、原味的、大包装的，有时还可搭配特价茶饮。说到特价，便利商店也会不定期地推出各种促销活动，包括第二件六折或买一送一等，多是当季热卖商品，其中现磨咖啡还可将第二杯寄存在店里，随时想喝再回同一家店取用即可。至于那常态性的早餐优惠组合，或面包或饭团、三明治，搭配某些限定饮品，以39元、49元出售，则是24小时都可选购。我若赶时间或贪图那优惠，便会买份"早餐"边开车边解决一顿中晚餐，这时的便利商店就会让我心生饿不死的感动。

除了特价优惠，各家便利商店都会推出集点赠送或换购某些商品的活动，早期"SEVEN"便曾以凯蒂猫的胸针及冰箱贴做赠品，一套三四十种不同的图样，那段时间大人小孩均陷入这游戏中,女性同胞自然是热衷凯蒂猫的,做爸爸的则多是为家中妻女搜罗,年轻男孩为取悦女朋友,也无法幸免于这场大脸猫的"灾难"。总之"SEVEN"几次推出的"集点换赠品"的活动,几乎都成为全民运动。

除了以上基本的吃食以外,逢年过节也会推出各式应景商品,如中秋,从北到南各名家月饼糕点在便利商店都可先预购,连应景的文旦柚也买得到,至于金秋特有的螃蟹——台湾本地的花蟹、红鲟,日本进口的帝王蟹、松叶蟹是不会缺席的,从彼岸渡海而来的大闸蟹,也保证是阳澄湖产的活物,几年前我便订购过一回,去取货时,即便说明书已事无巨细地书写清楚,店员仍不厌其烦地教我回家后如何放在室温中让它们醒转过来,接着连烹煮过程也交代了一番,然言者谆谆、听者藐藐,我哪可能让那些冻晕过去的大闸蟹们活过来又再死一次?但当时店员认真慎重的态度,比那些娇客们的滋味更令我记忆深刻。

我不知道其他地方的便利商店是否像台湾一样提供那么多的服务,除了供应令人眼花缭乱的吃食外,其他提款(银联卡都可使用)、转账、邮购、影印、传真、购票(车票、游乐园票、艺文流行表演票)、缴费(信用卡、停车费、交通违规罚款、学费、年金)……太多想得到、想不到的业务它都能为你解决。且店员的服务态度均好,就算手边事情再多,也几乎没遇过不耐烦的对待,其中又以"SEVEN"的服务最贴心,像我每次寄自己种的蔬果给台北妈妈家,只要随意提个袋子去,店员都会主动找个大小适中的纸箱为我包装妥当。也难怪我那不轻易出门的大姐,会把它当成不必付租金的办公室,一周去一次,所有杂务都能解决,不过她也常为了消费换点数,而困在一堆数字中让办事效率变得奇差,而我则是集了半天点数，却张冠李戴地贴成了别家贴纸，通敌行径当场罪证确凿。

在我所居住的关西镇上人气最旺的那家"SEVEN"，里面的几位店员记忆力更是超群，只要买过一次咖啡，下次去不用特别盼咐，他们便能调制出专属于你的口味。我也曾怀疑是自己够怪才能让他们记住从而享有这特别待遇的，而后才发现其他人一样也能得到这定制化的服务，买烟的人无须多说，店员便已从几十种烟品中找到你的最爱，对我们这些上了年纪记忆力不断衰退的人来说，似乎只有"神奇"可形容。

这两年，便利商店都朝着扩大店面的方向发展，在较大的空间里摆上桌椅，让人用餐或喝杯咖啡都好，至此他们的经营模式已不仅止于贩售商品，还兼具了快餐店、咖啡厅的功能，让奔忙的人们随时随处可歇脚（内急上厕所亦可），老人小孩也有了休憩的角落，我便常看到小学生放学后，在店里一边吃着特惠"早餐"一边写着功课，老人则喝着咖啡，发呆读报者皆有，即便不买任何商品，甚或带外食进入也不会有人来干涉。如此无门槛的经营方式，也是一般快餐店咖啡店无法做到的。

目前台湾便利商店之多，常让外来游客惊叹不已，光是"SEVEN"便遍及全岛，且好似竞逐似的，只要它出现，其他"全家""OK""莱尔富"立即如影随形地跟进入驻，所以若是在台湾街头驻足，发现前后左右被四家不同的便利商店环绕也不足为奇。

为此，我想起自己小时候也有过类似的梦想，写作文"我的志愿"时，总要极力克制当杂货店老板的愿望，毕竟在那个年代，春风化雨的老师、保家卫国的军警才是"政治正确"的选择，但心底是多么羡慕那些家里开杂货店的同学，想象他们坐拥一屋子饼干糖果，天堂也不过如此！长大后看着便利商店如雨后春笋般矗立在大街小巷，也眼看着一家家传统杂货铺关门大吉，我当老板的梦想，自然就转移到"SEVEN"了。但自从有一次，我看着十分忙碌的店员，手忙脚乱地冲咖啡、换点数，还要帮忙传真、换赠品，结账时两眼昏花却很有礼貌地问我："冰激凌要加热吗？"我便知道有时当个快乐的使用者便可以了。

在台湾有最高的"SEVEN"，也有最北、最南的"SEVEN"，这样标示出山巅海角的便利商店意味着什么呢？那是警告所有都市人：你已来到文明的边缘，若再往上往南往北走，那么就会进入一个虽不至于山穷水尽，但至少会是十分不"便利"、让人心生恐慌的境域。就如同我，已住在山里十多年，自诩已是半个山野人，但每次回家前，总要到沿途最后一家"SEVEN"晃晃，买份报纸、买几个面包也好，是为了安心，还是一份莫名的依恋？我想这就是所谓的都市人的乡愁吧！

台湾的台风

这次号称地表最强的台风"苏迪勒"侵台,终于治愈了我自小以来对台风莫名好感的病态心理。

小孩子对天灾带来的杀伤力是不太有感的,很有种"天地不仁"的况味,每值台风来袭,总是欢喜多于畏惧。所谓的防台准备,不外乎就是去采买一些干粮、蜡烛、电池;会算计的妈妈们,则会先抢购一些青蔬,以防风灾过后菜价水涨船高。回到家来便把浴缸、水桶、大锅子盛满水,以备停水时有水可用;一家之主的父亲则负责把大树给修一修,把放在院子里的杂物给整一整,能搬进屋的便挪移进来,挪不进来的就用铁丝绳索绑紧固定好,接着便紧闭门窗,好整以暇地等着台风降临。

这整个过程处处都有孩子可参与的空间,光是这异于家常日子的气氛就足以让人莫名兴奋,类似节庆前的采买,更让孩子有趁火打劫的机会,平日舍不得买的饼干面包,这时都可理所当然地索求。至于那一包价钱直抵三碗阳春面的生力面(台湾最早的方便面),则是我们家防台必备口粮,用瓦斯烧壶水泡了即可食用,而我则连水都不必烧,直接撒上调味包干吃,那酥脆咸香的滋味,是我童年最可口的零嘴点心。

入夜后早早吃完晚饭，一家人便守在收音机前关心着台风动态，听着她（以前的台风都以女性命名，后来随女权意识抬头才改掉这习惯）一步步挨近，屋外风雨也愈趋张狂，孩子们的心底不是惊骇而是期盼（至少我是如此），若能因此捞个台风假该有多好。所以孩子们在台风夜全化成了呼风唤雨的小巫师，尤其是在九月开学后。

即便长大成人后，为贪图那一天的台风假，我也忍不住想再次扮起女巫的角色，这就是我所谓的病态心理。但这次的"苏迪勒"却改变了我这邪恶心态，只因为在两个月前我种下了今年第二批玉米，在悉心照料下，这百株糯玉米长得又粗又壮，这段时间正好是开花授粉的时刻，等闲不能挨近，更何况是强风侵袭，所以这是我第一次化为天使向上帝祈祷，台风别来，千万别来。

其实在台湾每年五六月采收第一批玉米后，就该打住了，因为接下来的几个月正是台风季，若非要再种那就得赌运气了，今年想赌是因为第一批玉米实在甜糯，深受亲朋好友的赞誉，不种太可惜了。二来依台风草（一草生植物，观其叶片的横纹可预测当年台风数）的卜卦，今年当只有一场台风侵台，是强是弱述不知道，就赌赌看吧！七月一场轻台过境，当时半人高的玉米虽有些东倒西歪，但并无大碍，窃喜以为就此逃过一劫，未料八月又来了个地表最强的"苏迪勒"，地球气候变迁剧烈到连台风草都失灵了。

这次的苏迪勒雨大风狂，从七日起便在北台湾降下惊人雨量，我山居旁的马武督溪从下午起便暴涨至警戒线，雨水却仍继续狂降，令人不解天上哪来这么多的水可以如此奢侈地落个不停。入夜后雨未歇，风势却越来越强，只看见窗外大树如群魔乱舞般十分骇人，感觉整个钢构屋子都在颤动，不时刮起的瞬间阵风更是威力十足，好似要把屋顶掀翻似的，河床里大石头翻滚的"轰隆隆"声，也让人难以入眠，唯一堪慰的，便是在风雨来袭前，已将所有毛孩子安顿妥当，除了那五只公鸡很坚持要在树上度过这个台风夜（还好有主屋为它们挡下强风），它们的女眷和猫、狗、鹅及八哥鸟、十六只鸽子都有遮风避雨的所在。

直至隔日清晨风雨才慢慢停歇，太阳甚至还露了脸，全台停班停课，是赚到了一个台风假，但付出的代价未免也太高了。除了玉米如所料的兵败如山倒，院子也满目疮痍，两千平方米全为落叶残枝所覆盖，收拾起来真的很辛苦。

但从广播中才听到各地灾情惨重，比较之下我们这点灾损真不算什么。北部山区的强降雨让著名的温泉乡乌来成了孤岛，八小时内降下近五百毫米雨量，住在当地的老人家说从未看过那么恐怖的情景，造成连外道路处处坍方，连电讯都中断，靠着卫星电话联系才知道有两千多人受困山里。

饰演《赛德克·巴莱》电影里"莫那·鲁道"的林庆台牧师，这两年在乌来最深处的福山部落传教，这次遇灾步行了十一个小时才脱困，也才知道这深山部落有三百多人受困，亟须外界支援。这两天军方及消防队陆续抢进灾区，直升机也不断空投运补物资，并将伤者病患接去送医，但据公路总局的评估，要让柔肠寸断的连外道路恢复正常通行，约莫还需三个月的时间。

至于我们邻近的复兴乡合流部落也遭泥石流冲毁，虽所有人员在事前都已安全撤离，但家园全毁，这些原住民朋友们已无家可归。类此状况也发生在中部山区的仁爱乡几个部落，第一时间进山抢救的挖掘机都遭巨石砸毁，复原工作还得等坍方土石状况稳定才能进行。

在农损方面，也随着各地通报，从一开始的五亿十亿，直逼至三十亿台币，受创最惨的是香蕉、木瓜、芭乐、文旦柚，面向太平洋的宜兰三星葱首当其冲，还好没人笨到像我一般在这时令种起玉米。说起我那全军覆没的玉米，台风过后第二天，我还是勤力地将它们一一扶正，过程十分艰辛，即便知道它们的花粉应已被风雨冲刷殆尽，不太有结果的希望，但任它们这样横七竖八倒在地上还是心生不忍，于是便淌在泥泞里帮着它们重新站起来，不时给予精神鼓励："加油！站好来！要自立自强！"对那些不争气仍东倒西歪的则免不了一声好骂："诶！诶！诶！怎么又倒了你，真是扶不起的阿斗。"有时好不容易扶妥一整排，却因为一株阿斗，像骨牌似的悉数又倒个干净，最后奋斗了一下午，才终于将那没折断的七十几株呈恐怖平衡的勉强矗立了起来，而我也早成了一个不折不扣的泥人了。

苏迪勒过境后，许多朋友学生都很关心山上的状况，我回的简讯是："猫狗鸡鹅等毛孩子都安然无事，唯百株玉米兵败如山倒，心疼呀！"有时想想我种这些玉米还只是玩票性质，满足一下口腹之欲而已，那些农民朋友们可都是辛苦了一整年，就等收获好养家糊口，那可是要命的活儿，当看到所有果实落满地、稻穗青葱淹没在水里时，心一定都在淌血，这种看天吃饭的行当真是叫人心酸。往后不管我还会不会再贪心种第二批玉米，但能肯定的是我绝对不会再愚蠢到祈盼台风来临了。

乡野人进城

重返台北城市居住已两年,我仍在适应中,每每自诩差不多进入状态了,却不时仍被姐姐打脸,例如讲电话音量忒大,开车既路盲又色盲,这时便会听姐姐念叨:"真是乡下人进城。"唉!可不是嘛!

台北虽是我成长的城市,但自成家后便在外市游走生活,其间在农业县苗栗待了近十年,在桃园龙潭市郊也住了约莫十年,最后为了猫狗索性遁入山旮旯里又蜗居了十来年。这三十多年间偶然回台北,多抱着作客心态,且全神贯注于和亲人相处,无暇兼顾其他,所以对这城市变迁及城乡差距的感悟多只在表面而已。

两年前我离开山上回到台北定居,长时间的停驻,遂发现以乡野人的视角看待,这城市确实有些奇特之处,也许台北和所有国际都市并无太大差别,问题全出在我这乡野人进城,见什么都稀罕。

我入城第一个居所在六楼之高,重点是没电梯,每当上下楼时,我这心脏不好的人总侥幸地想,亏得不需在此终老,不然岁数一高,别说随心所欲,可能连起码的购物、倒垃圾都难。有次贪便宜买了个近三十斤的大西瓜回去,抱到三楼险些断气,那近百级的阶梯像登天般令人绝望,好似永远登不上顶,遂不得不认清,年过半百实在不适合再玩这种搏命游戏，从此购物都会先掂掂自己的斤两，再划算也不值得赔上一条命。

不过不光是我，每见访客进门气喘吁吁，便知这楼层着实考验人，后来把山上的猫猫接来同住，送猫粮、猫砂的快递员来了几次，终于忍不住发话："我知道你们很有爱心，但拜托别住那么高好吗？"总之这六楼高宅让人上来就不想下去、下去就不想上来。咦？当初建楼、买楼的都没想过自己会老？

但这朋友让我免费居住，连水、电、瓦斯都无偿供应的居所真美，屋内简洁明亮，整片落地窗平视河对岸的绵延青山，满眼绿意多少抚慰了我离开山居的怅然。又因是顶楼加盖，便留有十几平大的阳台，我好整以暇地捡来别人废弃的花盆，又搬砖运土上来，莳花弄草忙得不亦乐乎，不时还撒些面包屑、猫饲料喂那些南来北往的鸟族们。一开始来光顾的多是八哥、麻雀、斑颈鸠，后来连较大型的树鹊、喜鹊、蓝鹊都来觅食，好不热闹。正当我自得于在都市丛林中也能营造一隅生机盎然的小天地时，才知道在城市顶楼是不可以拈花惹草的，因为落叶会堵塞排水口，届时阳台积水会漫流倒灌至每个楼层；至于饲鸟更是大忌，因鸟粪会污染楼下居民晾晒的衣物，甚或招来禽流感。

当我停止了这都市人眼底几近脑残的喂食动作后，有很长一段时间都不敢现身阳台，躲在屋里听着外头鸟族"唧唧啾啾"叫个不休，先是好言提醒我该出去喂食了，接着"嘎嘎喳喳"抱怨不已，见我仍不为所动，最后便开骂了，约莫脏话都出笼了，愧得人真想钻楼底板。要如何向它们解释，我这乡野人行径是无法见容于文明都市人的？

等风头过后，再伫立阳台时，才发现从六楼俯瞰视野极佳，一切尽入眼帘,该看不该看的都一览无遗,远山近水、向晚夕照观之不尽,这是赏心悦目的部分。然一旦夜幕低垂、万家灯火点亮时,便迫着你参与他们的家居生活,晚餐吃食、小孩拌嘴、夫妻吵架,长时间下来,我约莫比他们的亲友还理解各家状况。其中一户人家,每逢周末便传来狂怒咆哮,因只听得见丈夫失控怒骂,便只得边继续努力聆听,边思索该不该报警。我保证自己不是偷窥狂,我只是站阳台上吹吹风,但那一扇扇门窗就像无数电视屏幕在眼前展演,内容绝不输八点档家庭伦理剧。

光天化日往下望也是精彩的,各个遮雨板上落着无数杂物,衣架是最常见的,内衣、袜子、拖鞋也混迹其中还有些令人哀怜了。我常看着想着,它们是如何掉下去的?它们的主人没想把它们捞回去吗?它们还要在那儿待到什么时候呢?我还发现叫卖的、修玻璃纱窗的小货车,会把电话号码写在车顶,约莫就是给常立在楼上发呆、如我这般无聊之人提供的服务。

在台湾,住在偏乡却没有车的,几乎失去行动能力,不说山居,就我还住龙潭郊区时,只有早晚各一班公交车经过我们附近,其他时间要进城,就得走上大半个钟头才到得了巴士总站。每天要上课的我,当然只得以车代步了。迁回台北,交通如此发达,当然就不需要私家车了,但因一时不舍,便把车给留着,却不想仅是停车问题便几乎把人搞疯。

我们住的河堤边其实道路一畔均是停车格,但因是住宅区的缘故,常是一位难求,尤其下班后更是想都别想,有时绕来转去好不容易找到车位,却还得走半个小时才回得了家。有时卯上了,决定候在路边等车位,但通常是等了个把钟头也没人移车,最长等过三小时,最后还是乖乖绕了又绕在两公里外才找到停车的地方。也因此偶尔能在家附近很快停妥车,简直就要感激涕零,也或者偶尔停到一个好车位便打死不再移动,完全忘了车是拿来行驶,不是霸着茅坑不拉屎的。之后虽然搬离此居所,找到一好停车的小区,但每经旧居附近,只要看到有空的停车格,便忍不住停它一停,下来伸个懒腰都好,这无聊行为证明我的停车阴影,一时半会儿还难以消退。

这河堤除了停车,临河那岸广袤绿地也是市民休闲运动场所,篮球场、网球场、溜冰场……一应俱全,供幼儿们玩耍的秋千、溜滑梯也不少,但每逢假日,这些游乐器材前都大排长龙,等的人不耐、玩的人不安,真的都没别的好玩了?沿河步道则是自行车、跑者的天下,周休二日傍晚人潮猬集,真可以车水马龙形容,我也喜来此漫步,但为避开人群,多会选夜幕降临后光顾。一次带同是乡野的老友来此晃晃,他不解地问道:"台北人都晚上运动的?"从他略带惊恐的表情中,我也才发觉,黑暗中那些擦身而过一幢幢摇晃的身影,确实有些像电影中染了病毒的……

搭公共交通也是看都会人的好机会,最喜欢的是年轻妈妈带着幼儿一身出外踏青的打扮,银发族的劲装穿着也总吸引我的目光,他们是要去哪儿玩呢?台北无障碍环境确实让老老小小出入方便,就算推轮椅、娃娃车也不是难事,这是偏乡还无法企及的。若乘坐的是地铁,当全车厢埋头于手机时,便可好好观摩众人的穿着打扮,溽暑女孩人人趿双凉鞋,裸露于外的脚趾头为什么都如此白皙精美?反观自己的脚丫子像种田的庄稼汉,如老姜般想藏拙也难。她们都无须走路吗?脚丫只用来观赏的?这于我也是大感难解。

另一看人的好去处便是公园,天气大好的日子,总能看到坐着轮椅神情漠然的男女老人排成一列在那儿晒太阳,彼此不交谈不寒暄,他们曾是发生过争执的邻居？曾是好友却断了交？或者曾是一对恋人？只因身后年轻亮丽"叽叽喳喳"说个不停的外籍看护来自同一个国度，这些曾有过恩恩怨怨的老者便又重聚一堂了？嘿嘿，这当然又是我无聊的揣想。但公园里轮椅比娃娃车多却是不争的事，且娃娃车里装的未必是人娃，狗儿们还多些。能走路跑跳的孩子多半聚集在游乐器材处，那区域又多半设有一沙坑，每当看孩子在里头玩沙嬉戏，我都得忍住不去提醒他们：这是超大的猫砂盆猫厕所，兴许狗儿也会来此便便，你们不怕吗？

在台北最大的森林公园里还有一奇观，那就是园里水塘中央的孤岛上，群居了无数鸟族在此繁衍后代，其中以鹭科占多数，多盘踞在树枝上筑巢，一个挨着一个，密度之高，让人担心这些鸟儿只要伸个懒腰，便会扑翻别人的巢穴，但似乎也相安无事，或许它们宅在窝里闲来无事，还可交换一下育儿心得也说不定。池子里则是水鸟、鸭子之类，乌龟也不少，想来多是小孩子养腻了来此放生的。多年前还曾出现鳄鱼，吓得人赶紧找消防队来捕捉，这公园里的水塘俨然成了台北放生池了。

大安森林公园也是宝可梦天堂，来此抓宝的男女老少均有，尤其是抓宝日，那人潮汹涌真是蔚为奇观。初来乍到这城市常为街角巷尾突然猬集的人潮所惊骇，见他们人手一机地埋首滑动着，先以为发生了什么祸事，而后才知他们正进行着城市人特有的消遣。另一汇集人气的点，便是倒垃圾时刻，台北垃圾不落地，得按时分类处理，周一、周五收纸张等平面物，二、四、六则是立体塑料瓶罐。一开始记不清也常分辨错误，常遭清洁队员打回，一次好容易搬下六楼的大袋回收物惨遭退货，另一队员约莫见我一脸绝望，好心地说:"她是新搬来的,搞不清楚,就收了吧!"他的义举真让我感动,但也不禁揣想:真有这么明显吗?他是如何看出我是刚进城的乡巴佬儿?

重返台北城市居住已两年,我仍在适应中,但愿能早一点习惯我暌违已久的故乡。

关于诗，关于乡愁

近日应成都教育科学研究院之邀，参与了一场盛会，与会者均是各个领域学有专精的教育学者，我忝为其中一员，负责上午一堂谈阅读的讲座，以及下午一场对七中学生的授课，课题是郑愁予老师的诗作《错误》：

我打江南走过
那等在季节里的容颜如莲花的开落
东风不来，三月的柳絮不飞
你的心如小小的寂寞的城
恰若青石的街道向晚
跫音不响，三月的春帷不揭
你的心是小小的窗扉紧掩
我达达的马蹄是美丽的错误
我不是归人，是个过客

这首诗年少即已熟读，也是我们那个年代所有文青必读的经典，尤其最后两句已成了人人朗朗上口的金句，当时姐姐们办的《三三集刊》，就曾以《达达的马蹄》作为其中一辑的刊头。

原以为是在教室授课，未料到了现场，才发现主办方把课桌椅全搬到台上去了，台下坐着数百人监看着授课，而观众席首排正中央便坐着郑愁予老师，要当着作者的面谈他的诗，这压力可真不小。幸而我始终相信，文学作品不论是小说、散文还是诗，是没有一定阐释标准的。同一篇文章，每个读者阅览后，依自己的人生经验及当下的心情，都会有不同的见解与感受，好似弱水三千各汲所需，甚或已和作者本人创作的动心起念相距了十万八千里。对一个作者来说，当创作完成时，或许这作品已独立自成一生命，随所有阅览者自取所需、各自诠释了。

但，现今为了考试，却得把古今中外上好的文章拿来肢解了研读，非得研究出个标准答案不可。前几年在台湾一次大考中，就曾以二姐天心的短篇小说《鹤妻》出了道题，果真因各方见解不同，得出的答案也不同，大考中心只得急急求助于作者。老实说二姐很费了番工夫，才在那些似是而非的选项中，勉强挑出一个比较接近自己原意的答案。这也不禁让我想到，以古人的诗词、文章为考题，最后得出的答案真符合作者的原意吗？或我们只是欺负他们已然作古，不能跳出来为自己申诉了。

而且更重要的是，再好的文章有时也真的是经不起这样拆解了来领会，如同一位绝世女子，经肢解后还看得到她的美吗？所以真要领略文学的美，是需要大量且反复的阅读。拿所谓的文言文来说，即便无任何注解，但只要一次又一次地反复朗读，就能领会贯通文章的意涵，这比逐字逐句分解了去研究揣摩，更能心领神会作者为文的本心。

格律诗虽已非受现代教育的我们能习作，但欣赏、吟诵仍是可以的。我们自小读的唐诗宋词，因有平仄、押韵的讲究，吟诵之际就如同歌咏，便于背诵，利于理解，更令人易于融入情境之中、领略其间之美，只要反复吟咏，就能深得其妙。若在孩子记忆力最强的学龄前，多储存一些诗词在脑海深处，即便当下如小和尚念经不求甚解，但这些优质的诗词歌赋，会随着年岁的增长逐步发酵，不仅深化语文基础，也让人生底蕴更形丰美。

比较之下，现代诗的创作真的就容易多了，然而它不讲究形式，门槛低到人人均可信手拈来，但真能读到一首好诗却不容易，在汪洋诗海中，偶尔觅得，便满是惊艳。愁予老师的诗作，便时时令人心生如是的惊叹，除了广为传诵的《错误》，还有另一首曾被改编成曲的《偈》：

不再流浪了，我不愿做空间的歌者
宁愿是时间的石人
然而，我又是宇宙的游子
地球你不需留我
这土地我一方来
将八方离去

这首诗提供了我们对时空无穷的想象，愁予老师在会中特别提到"时间"两个字，这是他创作时念兹在兹的课题，陈子昂的"前不见古人，后不见来者，念天地之悠悠，独怆然而涕下"一样慨叹着人处于时间长河的渺渺，这何尝不是你我的人生课题？我只是很好奇，十五岁即开始赋诗的他，是在多大岁数写下这首诗的？虽有些虚无，却也大器盈盈。另一首潇洒至极的《如雾起时》：

我从海上来,带回航海的二十二颗星。
你问我航海的事儿,我仰天笑了……
如雾起时,
敲叮叮的耳环在浓密的发丛找航路;
用最细最细的嘘息,吹开睫毛引灯塔的光。
赤道是一痕润红的线,你笑时不见。
子午线是一串暗蓝的珍珠,
当你思念时即为时间的分隔而滴落。
我从海上来,你有海上的珍奇太多了……
迎人的编贝,嗔人的晚云,
和使我不敢轻易近航的珊瑚的礁区。

  这首诗亦是我年轻时的最爱,尤其头两行更时常萦回在脑海中。愁予老师的诗作总给人一种漂泊感,这或许是四〇年代末期,由大陆渡海来台父执辈的共同特质吧!以我的父亲来说,二十出头离开家,随着军旅来到台湾,一别四十年再也没能见到父母,我的爷爷奶奶。这期间随着音讯断绝,思念渐渐化成了焦灼,渴盼亦被失落取代,和父亲同条船渡海来台的叔叔伯伯,绝大多数都是一直等,等到四五十岁不能再等了,才死了心在这南国之岛娶妻生子。但即便是成了家,却仍时时作回乡的打算,不是不把台湾当家,而是乡愁、亲情哪是能割舍得了的?

  儿时所住的眷村,即便爸爸们来自大江南北不同省份,但每个人背后的故事都差不离的,孩子们听了太多太多关于老家、关于逃难的故事,一家比一家离奇、一家比一家精彩,基因也好,后天影响也罢，我们这所谓的外省第二代也传承了这不安的因子，"四海为家家如寄，处处无家处处家"，对乡关的想望是那么缥缈，却又热血沸腾，无处宣泄。因此但凡能拿笔书写的，长一代，年轻一代，无可避免地，都躲不开这磨人的课题。

记得二姐初中一年级时，就曾写了类此热血的诗作并悄悄地让我观赏，确实让当时才小五的我好生激动了一番，之后她倒不写诗了，但她早期发表的散文小说，仍带着这浓浓的家国之忧；年长些的蒙古裔席慕蓉，诗作更是直书遥远北国的草原之乡，她对故土的魂萦梦牵，很难不让相同背景的那一代文青随着心神荡漾。父辈的余光中的《乡愁》：

小时候，
乡愁是一枚小小的邮票，
我在这头，母亲在那头。
长大后，
乡愁是一张窄窄的船票，
我在这头，新娘在那头。
后来啊，
乡愁是一方矮矮的坟墓，
我在外头，母亲在里头。
而现在，
乡愁是一湾浅浅的海峡，
我在这头，大陆在那头。

及《乡愁四韵》:

给我一瓢长江水啊长江水,
酒一样的长江水,
醉酒的滋味,
是乡愁的滋味,
给我一瓢长江水啊长江水。
给我一张海棠红啊海棠红,
血一样的海棠红,
沸血的烧痛,
是乡愁的烧痛,
给我一张海棠红啊海棠红。
给我一片雪花白啊雪花白,
信一样的雪花白,
家信的等待,
是乡愁的等待,
给我一片雪花白啊雪花白。
给我一朵腊梅香啊腊梅香,
母亲一样的腊梅香,
母亲的芬芳,
是乡土的芬芳,
给我一朵腊梅香啊腊梅香。

这两首诗经杨弦谱曲后传诵一时,带动了当时的校园民歌,为之后台湾流行音乐奠定了一定程度的基础,但回头看,也只有那样的时空背景,才容得下这浓浓的思乡之情。

关于乡愁,自称浪子的愁予老师当然也无能幸免,他的《边界酒店》《乡音》《纤手》《夜船行》……虽写得没那么直白,但一样说的是难舍的亲人、难弃的乡愁。

最后的座谈,有人提问,愁予先生最满意的诗作为何,他的首选却是《衣钵》:

祖国啊 祖国 终于去革命了

在子夜 犹开着会的党人

像一群蛾

把激动的脸闪在煤油灯的四围

当一个青年自边远的省份赶来

急切地闯进这群钢铁的灵魂

喂 大家见见 他是我们的新兄弟

兄弟 兄弟

这是生死不离的称呼啊

五指的火钳握着火钳

泪眼相对泪眼

这么久的渴望 这么烫的热血

恨不得立即洒出

就为的是这一声称呼

啊 明天 明天丑时行动

正好 正来得及 兄弟

那是热血滋生一切的年代

青年的心常为一句口号

一个主张而开花

在那个年代

青年们的手用作

办报 掷炸弹 投邮绝命书

或者把战友来握

紧紧 紧紧地握

在那个年代

青年追随着领袖 比血缘还要亲

守护着理想 比头颅还要紧

您 功参造化的大智 大勇 大仁

营建闭塞而庞大的中国

正如 为此空敞的大厅开一列向东的窗

让耀目的朝阳 像相嵌一样的肯定

让光华盈满四壁 如四个海闪亮着

当青天高朗 回荡着四万万份笑声

在错落的关山之间

在大风之上 让旗升起

日出东方分为恒星之最者

然后 神采飞扬地插遍十五省城

啊 这是什么纪元 今天

老师在黑板上仅仅写了两个字

民国

立刻 一堂学子就放声哭了

八十四岁高龄的愁予老师，此生写过无数关于爱恋、山水、浪游怀乡、酒趣豪情的诗作,然而他最悬念的却是这首遥祭辛亥革命烈士的《衣钵》。记忆中,父亲也是极喜爱这首诗作的,因此继《达达的马蹄》后,又力荐《衣钵》为《三三集刊》另一辑的刊头。而今隔了四十年再读这首诗,再遥想一个纪元前,那些坚持自己理念、为革命抛头颅洒热血的英魂们,仍是激动难掩。我想愁予老师及父亲所期许我们传承的,即是这革命志士或文学之士的衣钵。所以即便这首诗很长,即便这段历史早被人遗忘,但我仍如实地抄录下来,和所有朋友分享。

九份、金瓜石

位于台湾东北角的九份与金瓜石，是个饶富风情的地方，三面背山一面临海的环境，让这里的每一个视角，都悠远清扬、恋恋难舍。这里曾因产金而盛极一时，从上上个世纪末到一九一四年，是金矿产量最旺的时期，这儿聚集了无数淘金客，那种凭运气致富的不确定性，造就了此处些许纸醉金迷的况味，九份甚至一度还有"小香港"之称。但到了六〇年代，随着金矿被挖掘殆尽，这儿也就逐渐没落了。

看过侯孝贤《悲情城市》的人，对剧中许多画面应该都印象深刻，剧中一群文人在小馆子里饮酒谈时事、梁朝伟在楼下摊贩买烤食的场景，便是在九份拍摄的。那倾斜狭仄的巷道、两旁高低错落的店铺、晕黄的灯在镁气蒸腾下人影幢幢，连宫崎骏的《千与千寻》都在这儿找着了灵感。而《悲情城市》中那场大哥葬礼的戏，大概也很难让人忘怀，绵长的出殡队伍行走在漫山遍野的芒草间，天上的云影悠悠地在山壑间游走着，这磅礴大气的场景，则是在隔了一座山头的金瓜石取景的。

八〇年代后的九份、金瓜石，便是因为侯孝贤的《悲情城市》再度大放异彩，其实在这之前、之后都有不少电影以此为舞台，如侯孝贤另一部《恋恋风尘》、王童的《无言的山丘》等。至此，这儿便像一块磁石，吸引了无数同好进驻此地，先遣部队多是一些艺术家，在此设置个人工作室，时间长了，不管是基于"好东西与好朋友分享"，或者闲着也是闲着，陆续便兼卖起咖啡、茶饮，而后索性连民宿也经营起来，待等人气汇集到一定程度时，便是纯粹的商人入驻此地了。

目前，任何时刻来到九份，永远都是摩肩接踵、热闹喧阗，似乎和遍布台湾各个角落的夜市并无二致，当然，若你仅止于来此吃碗芋圆、喝杯茶饮，再买份草籽粿或入口酥当伴手礼，再在几处有名的景点拍照打卡就觉得心满意足，那便无妨。设若，你想在此寻觅一些古老风情或你以为的"悲情"，那可能就要失望了，因为，连侯孝贤都曾为现今九份的商业化摇头慨叹。

不过，也别对此完全失望，你可选择入夜游客散去后，再踽踽游走于这迂回的巷道里，也许真的能抓到些许你想要的、真正属于九份的情调。而且，别忘了，步行不过十分钟，翻过基隆山隘口，芒草漫漫的金瓜石便在眼前。坐落在这儿的任何一家餐厅、任何一家民宿，都拥有绝佳的视野，只要推开窗，漫山遍野的五节芒就在眼前，往远眺望，湛蓝的太平洋就在不远处，山的宁静、海的深邃，是怎么也看不厌的天然景致。

我的一位朋友龙君儿便在此开了家餐厅，她曾是家喻户晓的明星，艺术气息浓厚，息影后辗转来到金瓜石定居，算是早期入驻的艺术家，在此地尚未翻身前，便在此创作画画，并做些手工艺品拿至九份街头贩售，过着极清俭的生活。后来观光发展起来，索性便把住家改成餐厅，用高档预约的方式经营。

完全不谙料理的她，硬是亲自上阵，苦心孤诣地研发出各式美味佳肴。仅仅为了抓准意大利面的软硬火候，便实验了不下百次，海鲜食材则是亲力而为地每天至山下港边选购，再加上她特殊美学的装饰摆盘，每道餐点一上桌都是视觉、嗅觉、味觉的飨宴。

她的餐点并不便宜，人均二百人民币起跳。那次我受邀去做客，吃的是三百的套餐，从四五样精致前菜、冷盘生蚝、浓汤带现烤面包到牛排主餐，乃至收尾的墨汁意大利面及甜点饮料，都如艺术品似的出现在眼前。这一餐像法式料理般直从中午吃到傍晚，因为每一道都值得细细品味。我最记得的是那道海鲜浓汤，每一勺都满是鲜美的食材，配上浓郁的汤汁，令我齿颊留香至今呀！也难怪即便所费不赀却一位难求，我便亲见好几位客人用餐完毕，还特意到我们这桌向女主人致意。

不过既然是艺术家，就总有些怪癖，在这儿用餐必须绝对的安静，布置得美美的餐厅里，好几处都搁着"轻声细语"的牌子。据说曾有一个校长带着学校老师来用餐，就因为过于喧哗，吃到一半龙君儿便现身道："对不起！今天就到此为止吧！"活生生把这些客人给请了出去。有些钱她是宁可不赚的。去探望她从我这儿认养的猫咪时，一开始只觉得它们的行径说不出的怪，后来才发现那两只年轻气盛的猫，在追打厮杀时，竟一点声响也无，完全遵守着"轻声细语"的规范。猫咪都能做到，那更该理直气壮地要求人了，尤其是为人师表的师尊们。

两三年下来，即便这家餐厅已做出了口碑，但要艺术家改行服务业，到底有些强人所难，所以龙君儿后来把这儿改成民宿，聘用一个人掌管大小事，她便退回自己的角落画画创作去也。这不啻是给爱烹饪、爱美食、常想开餐厅的我一记棒喝：有的人如她、如我不善伺候人，就别再做那春秋大梦了！不过至此来到金瓜石，眼前景物再美，却总有些怅惘，那一道道令人赞叹的精品佳肴，终成了绝响。

好吧！撇开美食不谈，这儿还有许多景点值得一游，如日据时代留下的一些遗址，像是金瓜石车站附近的黄金神社，建于1933年，供奉的是主掌矿业的"天照大神"，虽后来遭破坏，只剩鸟居、石灯、旗台，但这儿视野辽阔，可将整个山野聚落一览无余，且四周种植了几十棵樱，春天时繁花盛开甚是壮丽。而在神社下方，有一日式建筑群，皆黑顶木造房，这儿曾是生活机能还算完善的社区，设置了医院、派出所、邮局等公共设施，至今保持得还算好，琼瑶的电视剧《烟雨蒙蒙》《几度夕阳红》还曾在此取景。

不远处的"太子宾馆"，则是在1922年兴建的。原是因为当时金矿产量惊人，引起日本方面重视，当时还是太子的昭和，本欲来此视察，后因交通不便，且卫生条件不佳而取消了行程。这占地约三百平方米的宾馆为桧木建筑，完全用接榫的方式打造，一根铁钉都没使用，工法考究，雕刻细致，是很值得一探的典雅建筑。可惜并无对外开放，若要参访，得事先和负责维修管理的台湾电力公司申请。

来到金瓜石若不知如何游览，也可求助于当地的观光发展协会，会有当地居民负责导览，经由他们的解说，更能深入了解金瓜石的历史与背景，若是投宿在当地，那么每一位民宿主人都会是好向导，任何当地的人文故事也都能娓娓道来。如若你并不想去参观那些特定的景点也无妨，仅是漫步在起伏蜿蜒的公路上，或行经于往昔运矿的索道上，时时远眺蓝黄相间的阴阳海，也令人心生悠悠之感，甚至有种入镜的奇幻迷离。

较之于九份的热闹喧嚣，幅员辽阔的金瓜石倒是一直保持着它的娴静，而它也会随着四季幻化风貌：春天云雾重，山岚环绕着波浪似的山丘，特有一种缠绵的风情；夏天整片的绿直漫到湛蓝的海域，回首仰望，这绿又和蓝天连成一气，天地间似乎只剩下这两种颜色了；秋天白花花的五节芒覆满了视野，既热闹又萧瑟，玄青的天、宝蓝的海全退到好远好远；冬天寒雨绵绵，静谧的氛围很适合怀旧，也易于独处。

来九份也好，金瓜石也好，只要放缓脚步，别急着非看什么、非吃什么不可，那么，你所得到的，会远比想象要多。

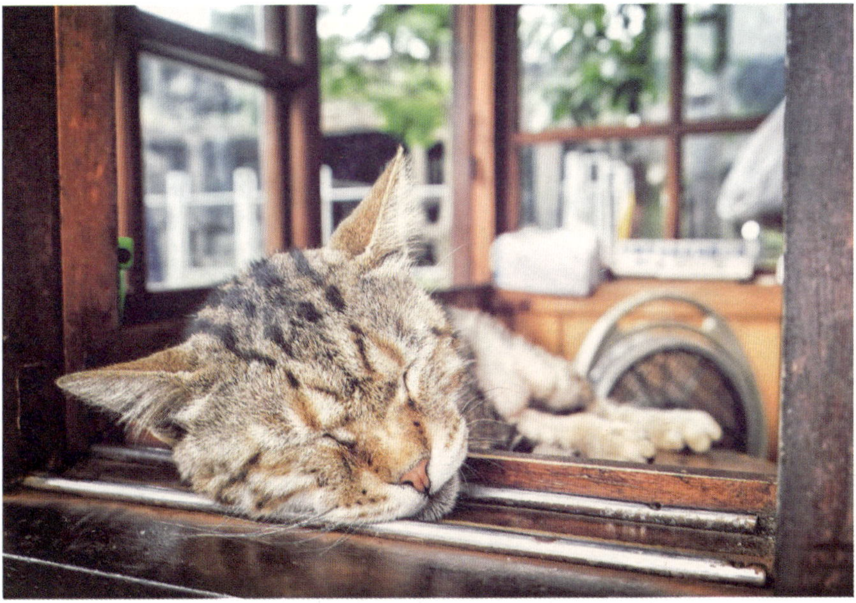

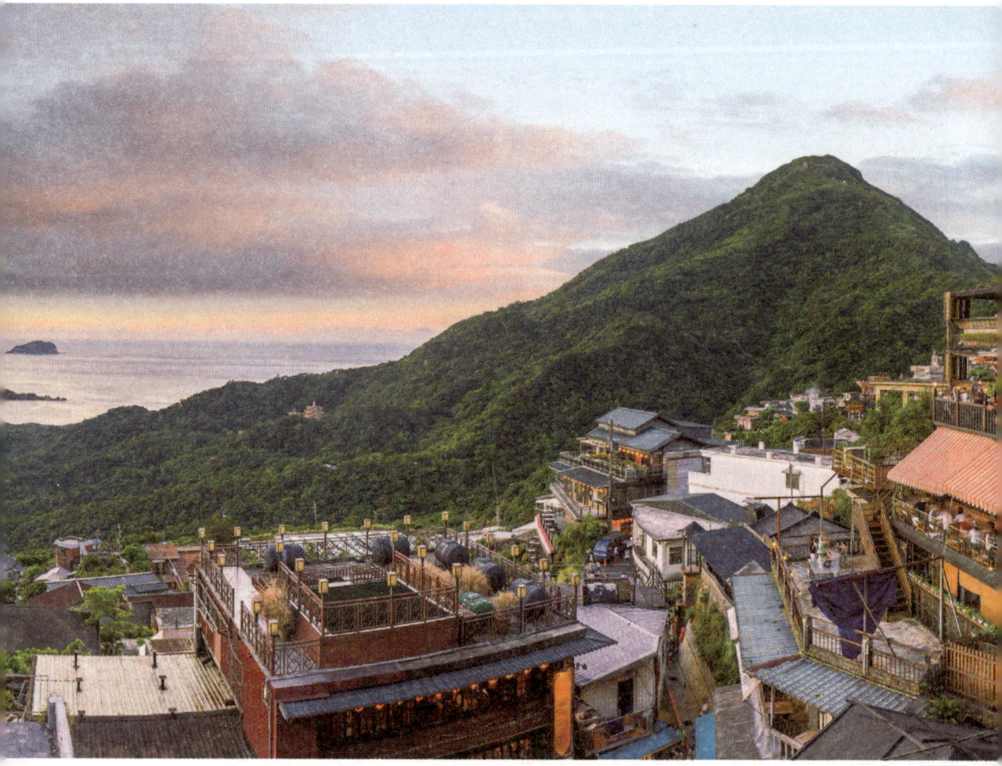

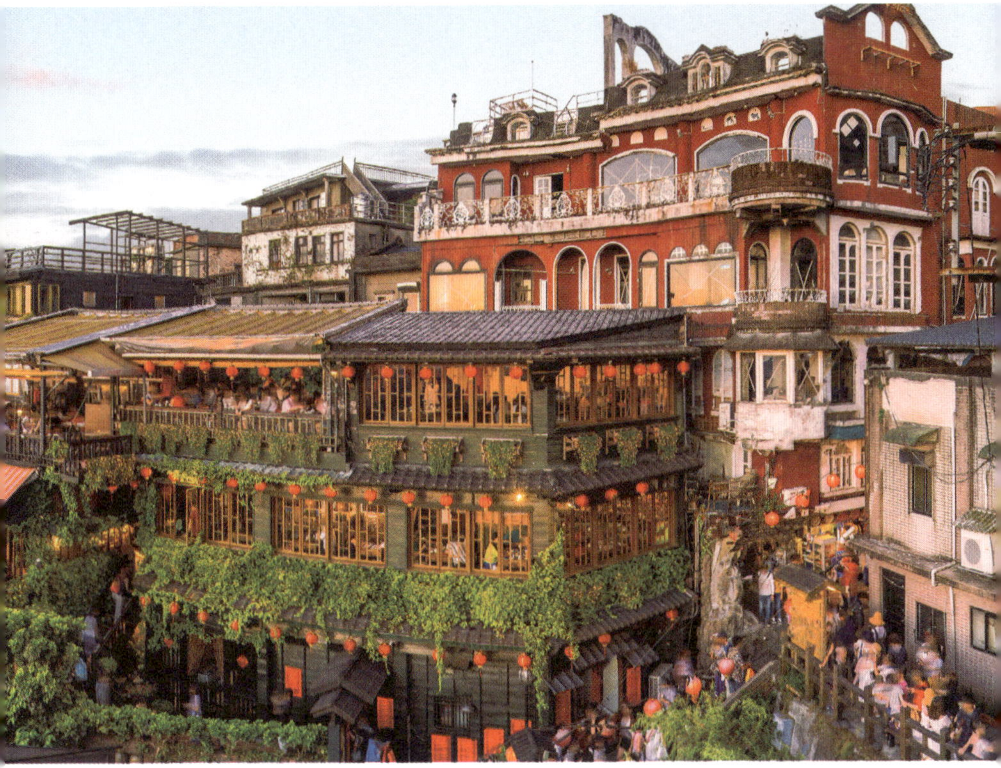

阳明山

每座城市应该都有属于它的山岳，或近或远矗立在城缘的天际线，予人一种闲适安定的感觉，对庸碌于都会生活的人们，有着安抚疗愈的效果。我总是这么以为，而阳明山之于台北、之于我便是这样的意义。

站在这城市的任何一个角落，只要往北眺望，就能看到她所属的大屯山脉蜿蜒于台北盆地的北缘，有时过马路被红灯拦阻，一个愣神儿，抬眼一望，那绵延的黛绿就在不远处，顿时什么烦忧都放下了，心变得澄澈透明，呼吸的节奏都放缓了许多。也许对土象星座的我来说，稳定恒久的山脉，就是具备这样的疗效。也因此阳明山在我成长的年岁里，扮演着举足轻重的角色，有太多太多的回忆是和她紧密相连的。

整个阳明山国家公园腹地非常广，地形地貌也十分多样，有温泉、箭竹林、山涧、瀑布、湖泊，有适合赏花的前后山公园、可健行登顶的七星山、放牧牛群的擎天岗、时刻都在喷着硫黄气的大油坑，它跨越诸多乡镇，联外山路曲折蜿蜒，可通北市天母、士林、北投，还可顺势而下直达濒海的淡水、三芝、金山。她好似台北的后花园，住在都会里的人，随时可暂时抛开尘嚣，来到她的怀里享受片刻的恬适。

早期的阳明山和一般庶民是有些距离的，除了错落其间的多是豪华别墅，还有个不对外开放、专为开会使用的中山楼，此外又隐藏了一些特殊单位，且老蒋晚年多在此居住，因此整个区域是有些森森然的。而后随着老蒋逝世、解除戒严，也随着国家公园设置，人们经济普遍提升，大家有车可驶，便可无碍地穿梭其间，或赏花、泡温泉，或至农家买鲜蔬、至大屯登高，甚或翻过整座山来到金山淡水海域，如此上山下海一日便可游尽，阳明山遂成了台北人周休二日放空的最佳去处。

在阳明山还未规划为国家公园前，也就是当我还年轻时，活动范围多只限于近台北市区的前后山公园，从这头上山多走仰德大道，沿途可俯瞰整个市景，这儿有许多观赏璀璨夜景极佳的所在，也是恋人常驻足之地。若从主线道往左右两畔岔去，每条山路上便错落着一栋又一栋高墙大院的宅第，从外头看，绿树扶疏是会让人欣羡的，但真走进去却叫人失望，因为有钱人不见得有品位，那土豪式的装潢实在让人难以恭维。且那时所谓别墅必备的游泳池，有时也狭仄到像条水道似的，也让我好生怀疑是每个屋主都如此热爱水上运动吗？依我的观察，笑颜难展的他们连换衣服下水的冲动都没有，那泳池应该只是聊备一格炫耀用的，至少我有幸登堂入室的几处豪宅差不离就是这样。所以从年轻时，我便很晓得在这世上，有些事是钱财办不到的，且有钱人的快乐不会比我们多。

沿着仰德大道往上行，还会经过林语堂图书馆，再往上来到山仔后，岔进左边的道路走到底，便是中国文化大学所在之处（别名"花冈"），作家三毛曾在此任教。后来，父亲也在文化大学任教了一段时间，那时我也正好上华冈旁听京剧的课程，拜尚小云的嫡传弟子梁

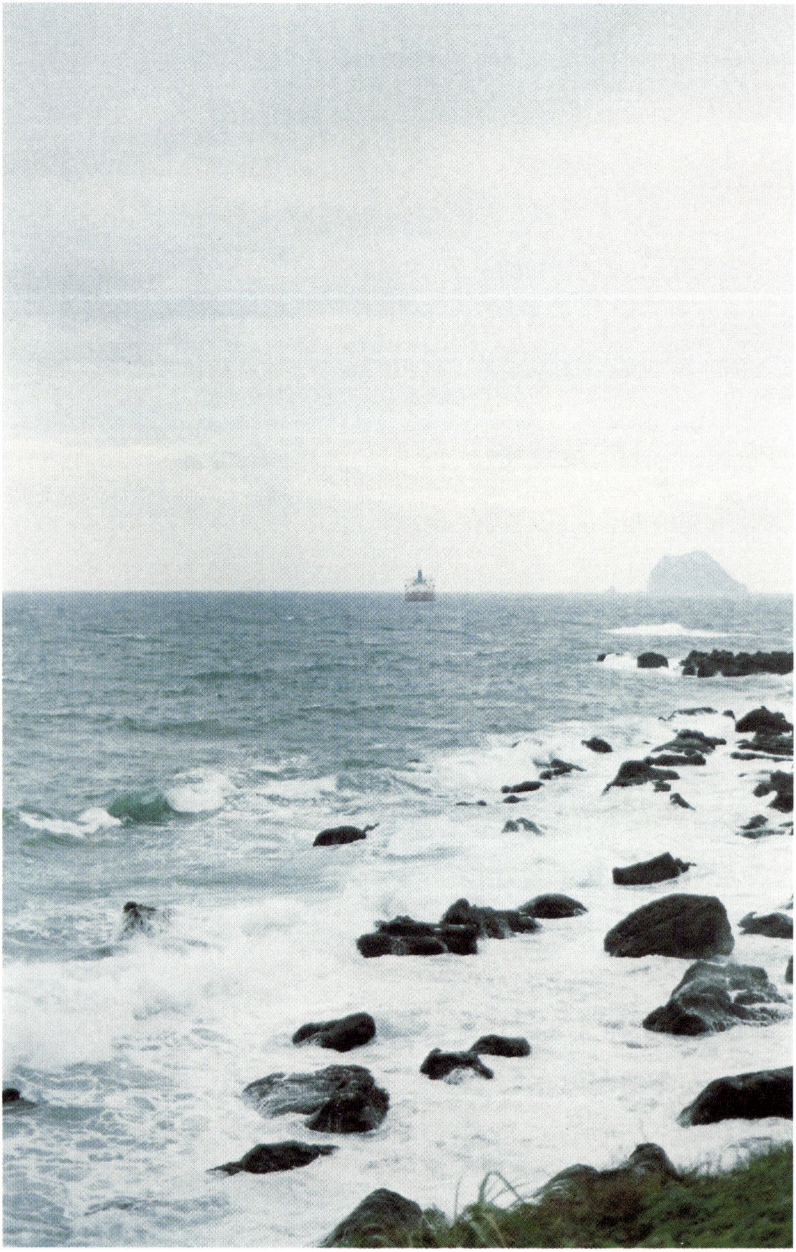

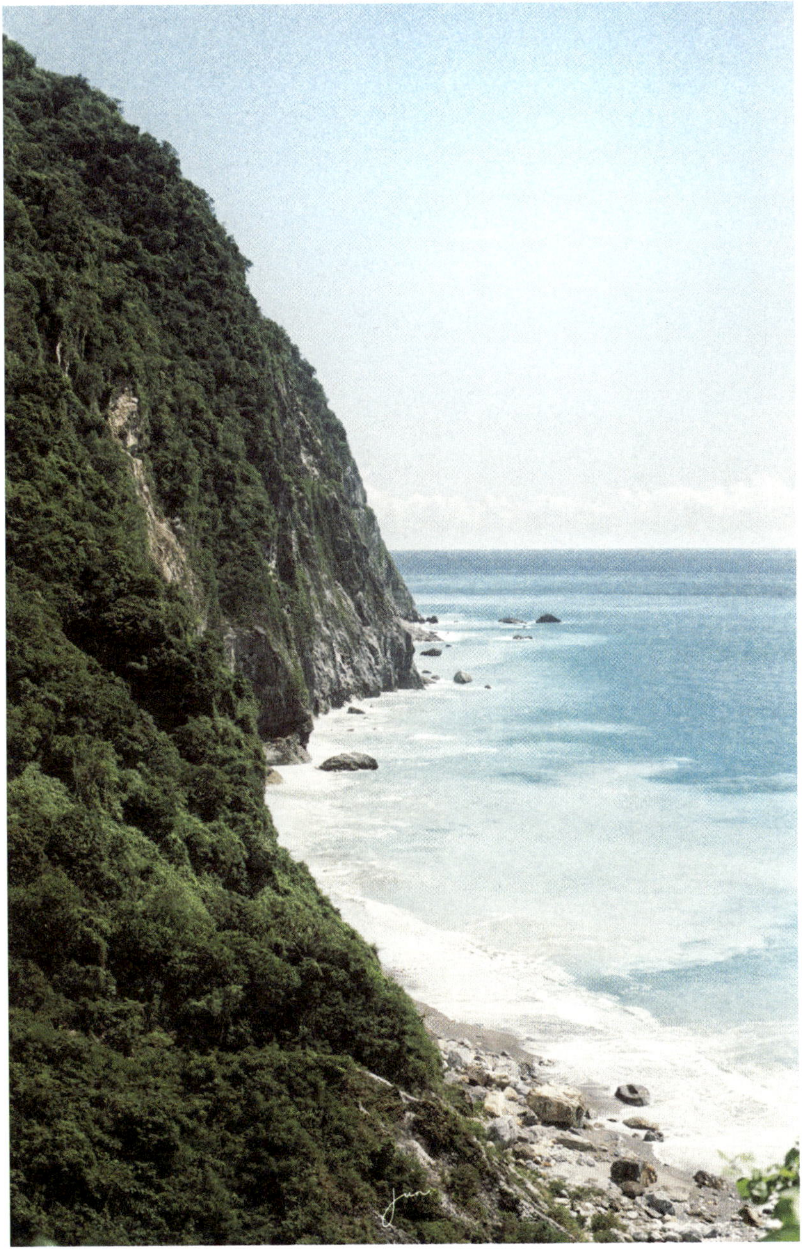

秀娟老师习艺，伙在一群比我年少的华冈艺校学生中上课，所有基本功都得跟着练，压腿、踢腿、蹲马步、耗膀子、跑圆场，一点都不得马虎。这是父亲为我争取来的机会，又是我梦寐以求最想做的事，即便每天必须穿过整个台北市区来回搭乘近四个小时的公交车，即便每天练功累得像狗一样，我仍十分珍惜这得来不易的机缘，勤勤恳恳地旁听了一学期的课。有时练工、吊嗓子之际，山岚便幽幽地漫进教室里来，在二胡及中式建筑衬托下，还真有种神仙洞府的况味。

我记得在华冈旁听的那个圣诞节，全家人上山来看"云门舞集"的公演，那天奇冷，冻到夜空中的星子都发青了，我全身哆嗦却兴奋异常，像主人似的带着父母姐姐走我常走的路，去我常去的学区自助餐厅，点我常吃的菜，告诉他们我在哪栋楼上课，又在哪间教室练功，我也才知道，其实我是很愿意和自己在意的人分享一切的。就如同每周三下课时，我一定会踅到父亲授课的教室外和他打个招呼才走，虽然他搭的教职员校车，会比我早到家，但在外遇到亲人是一件多么令人开心的事呀！

放完寒假新的学期开始，艺校的学生忙于公演排练，除了旁听大学部一些文武场的课程外，我便百无聊赖地在山区里悠悠荡荡。位在半山腰的华冈，入冬后东北季风来得猛烈，身形娇小的女学生，时时得提防别被风刮进山沟里。体形硕大、性喜冷冽天候的我，则完全无畏寒风袭人，像游魂似的到处晃荡，有时还会远征至纱帽山或后山公园。不是假日的山里清幽得连自己的心跳都听得到，有时走好久的路一个人影也遇不着，真觉得冷了饿了，校区旁的米粉汤铺子、公园前摊贩卖的地瓜姜汤，都是吃得起的御寒点心，热腾腾的一碗下肚，又可以继续无目的地漫游。一次晃悠，被也在山上教书的三毛给拣着，便随着她回到山下的家，吃陈妈妈煮的饭菜，饱餐了一顿才放我回家。

年轻时总感到孤单，即便身处人群之中仍是寂寞呀！阳明山曾陪我走过这么一段寥落的岁月，那段日子，她让我学会了独处，因为在她的怀里，即便孤子一人，也不致怀忧丧志。

后来长大了，也成家立业有了自己的车，不时便会和家人往阳明山更深处晃去，这也才发现上山的路可多了，除了仰德大道，还可从北投温泉乡、外双溪故宫博物院、淡水竹子湖及金山海水浴场蜿蜒而上，一样可抵阳明山，而且每条路的沿途景致都令人流连。像从北投出发便可先泡个汤、吃顿野鸡料理再上山，若走竹子湖则会经过于右任墓及大屯自然公园，至于阳金公路（阳明山至金山）的周边，则有马槽温泉及不时还喷发硫黄气的大小油坑。

后来有一段时间，我赁居淡水北新庄，正在竹子湖这一线上，阳明山遂成了我的后花园，这才发现避开所有观光景点后，阳明山更像一座游之不尽的宝库，任何一条曲径都能带你进入一个意想不到的桃花源。这里的住民，都是好几世代就定居于此的，较之于前山的豪华别墅，这儿更有着寻常人家的气息，每每带着狗儿漫步其间，看着从石壁砖瓦屋中飘出的袅袅炊烟，真是令人心生向往。

也许有一天老了，没力气再维持目前山居的环境，不再适合居住在偏乡山野，我会带着仅存的猫狗回到阳明山麓，寻个简单的小屋，回返她的怀抱，再次晃晃悠悠直至终老吧！

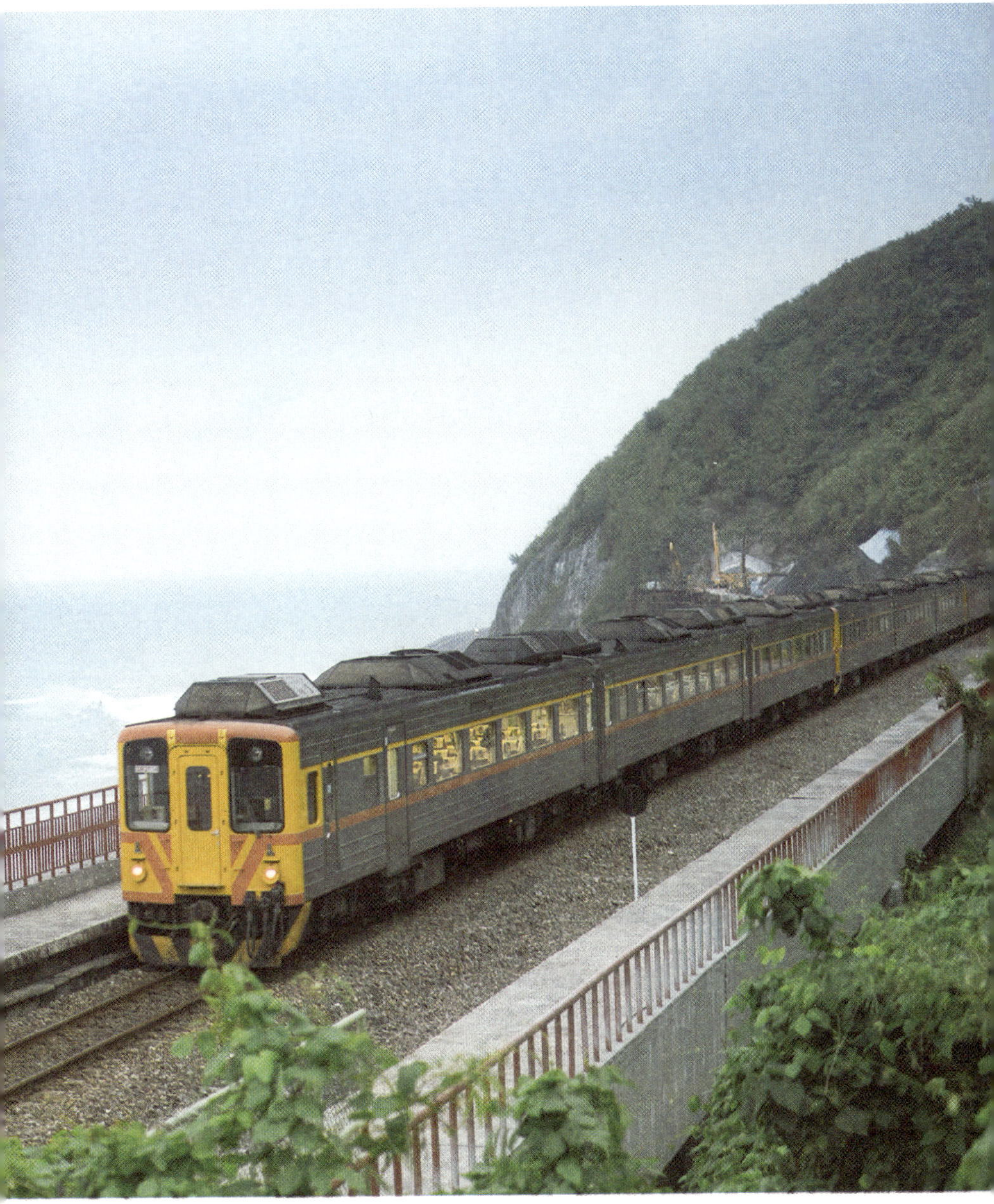

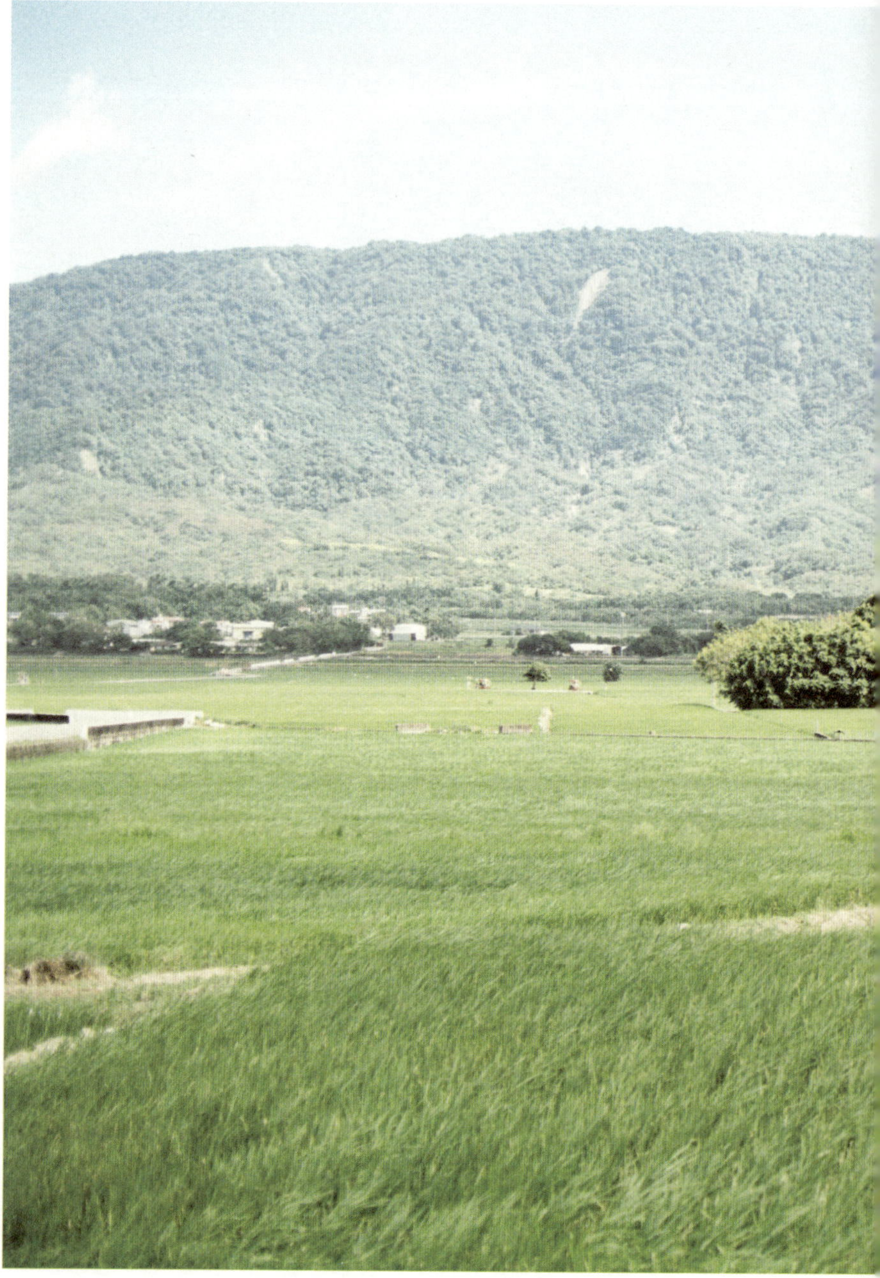

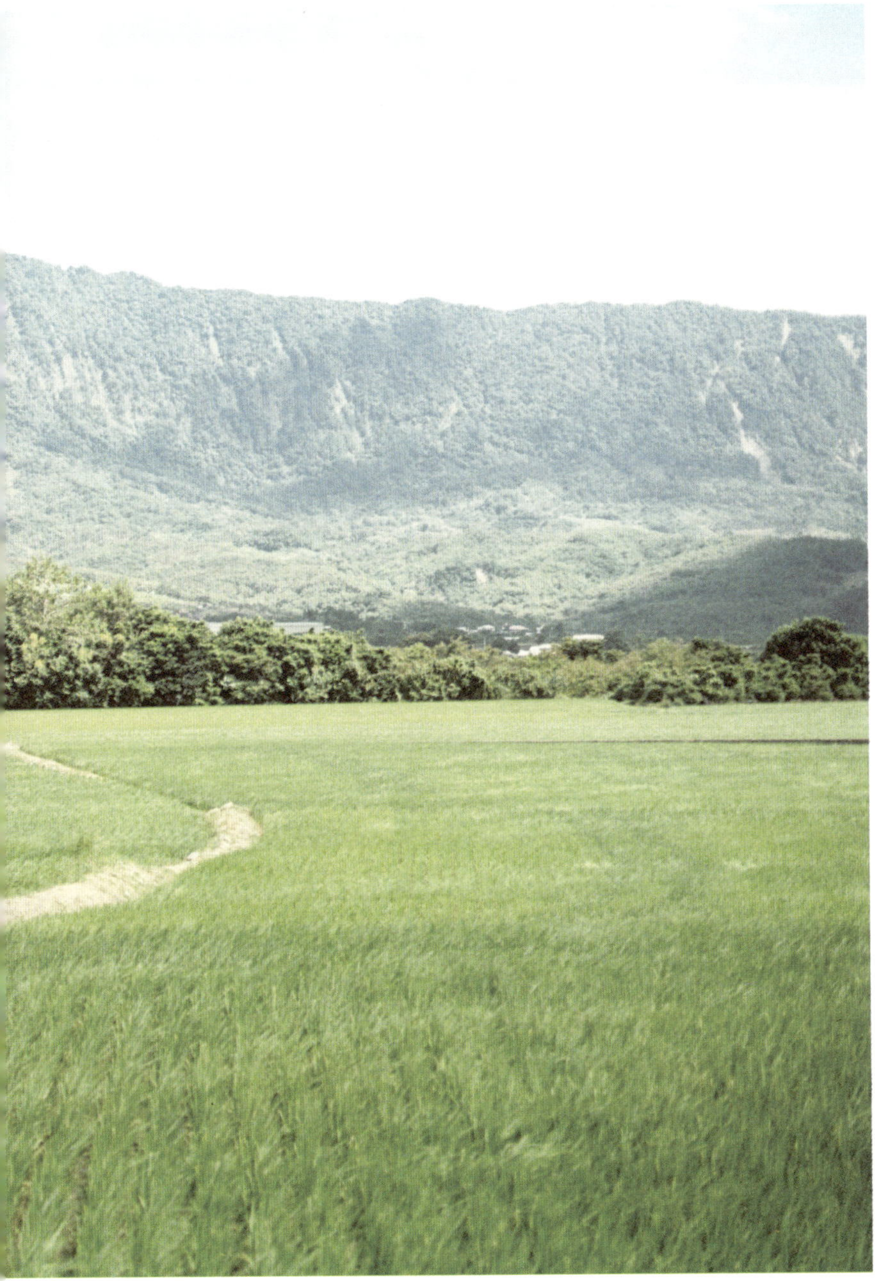

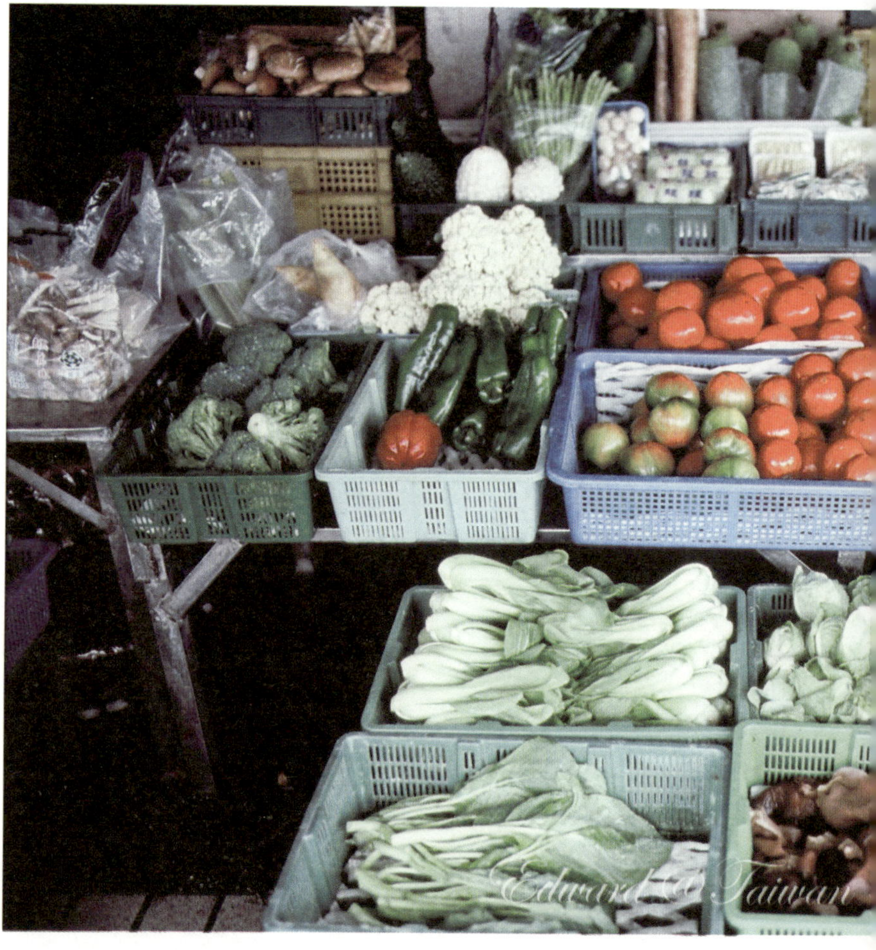

辑三

晃晃悠悠，直至终老

待老

"人变老,真是新鲜的经验呀!"这是最近常让我喟叹的事。

曾有人针对女性做访察,一生中最惬意的年岁竟然是五十二岁左右,也差不多就是我这个年龄。仔细想想确也是如此。成家的,儿女多已独立自主;未婚的,也已摆脱了两性的角力,身心顿时闲适了下来。回首半百人生,有未尽之处的,可重整旗鼓,去完成许多自年轻时便萦回的梦想;再不济,也可和同年龄层的姐妹淘到处溜达,重温年轻时的闺密情,无异性干扰,这同性情谊是更入佳境了;积极些的,依过去累积的经验与能力,到医院、慈善机构当志工,让后半人生更具意义。

这些年,我的生活改变不大,一样上课写作,一样养猫养狗,但细细琢磨,发现随着年龄渐长身心还是起了些变化。首先便是步调放缓了,天底下没有什么事是不即刻做就会死人的,或者说是体会到,天底下没什么事非你不可,不会因为少了你这世界无法继续运作,年轻时"舍我其谁"的想法已飘然远去。

因此,就让一切节奏缓和些吧!开车放慢了,沿途的风景变得宜人,也少接些罚单。进食时,因为细嚼慢咽,品尝得出食材的差异,且听得到身体的需求，不仅吃得越来越素，也吃得越来越粗，过往觉得是喂鸽子的五谷杂粮，现在却欣赏得来那股嚼劲及粮香，配着自己地里的青蔬、自己腌渍的酱菜，餐餐都是珍馐。此外，食量也在递减中，只要微撑，脑子当机呈一片混沌，所以再也不涉足那些自助吃到饱的餐厅，既浪费食物，又和自己过不去。

当满心欢喜地享用完粗茶淡饭后，再来一场小憩，那真就是完美句点了。年轻时就算累到像条狗一样，也非得回到自家窝里才睡得着觉，但现在是不论地点、不拘姿势，即刻就能进入休眠状态。人们不是说上了年纪容易发生睡眠障碍吗？我的困扰却是睡眠耽误了许多事，包括连看电影也能瞌睡过去，更恐怖的是开车时老是困顿不堪，因此得在提包里准备许多对抗嗜睡的利器，弄得像小叮当（哆啦A梦）的百宝袋一般。

讲到手提包，也是从一而终用到破败为止，因为一换包便乱了套，付钱、掏证件、擤鼻涕都手忙脚乱的，好似窃用了别人的包，也因此背进背出的就是那个帆布袋，耐打耐踹，用脏了还可丢进洗衣机。总之，到了这个年纪，所用的对象都以简单方便为重，若遇到好穿的鞋，舒适又不显胖的衣服裤子，忍不住就会多买两套，整季甚至整年反复地穿，从此再不必为衣着打扮费神，置装费省了，心神也利落了，更可以专心致意地做自己想做的事。至此，简约的生活唾手可得。

当然，除了积极的一面，老之将至也带来不少困扰。比如每天晨起都需花半个钟头，才能从发傻的状态中苏醒，等把家中猫、狗、鸡、鹅、鸟都喂饱了，却又忘记自己是否吃高血压药了，要出门时总得进出好几次才把东西都带全。回到家来，又发现好些东西给落在外头了。最大的喜悦是本以为丢失的伞,却好好地杵在家里,因为根本忘了把它带出门。诸如此类的怨叹惊喜,已成了家常便饭。

虽粗茶淡饭又减食地过日子,却阻止不了躯体呈辐射状向外扩充,且身上的不随意肌越来越多,任你吸气再吸气,它们仍不为所动,似宣告独立地弃你而去,就算发了狠地做肌力锻炼,它们也坚持地呈断层分布,不肯连成一气成圆弧曲线。更糟的是那腮帮子,简直和大公猫没两样,五官因此涣散,眉眼淡得失神,镜子早不敢照了,偶尔在擦身而过的橱窗前惊鸿一瞥,都要诧异地问:"那是你吗?真的是你吗?"很不幸的,还真是你!

许多的人名、书名、地名、电影名,已到嘴边呼之欲出了,却叫不出就是叫不出,因此和人说话变得像是在玩填字游戏:"那天我遇到那个谁了,就是上次开那个什么会时认识的呀!她不是说在哪儿教书的、偶尔也会喂街猫的那个女的呀!"说的人自以为提供了足够的讯息:开会、教书、街猫、女的,但听者藐藐,完全不知道你在说些什么。但我也见过年龄相仿的人,以这种填字游戏交谈,即便互相都抓不到那些答案,也完全无碍彼此的交流。

年轻时有一次去养老院探望一位长者,在他的案头贴着一张字条:"钥匙、钱包、眼镜、雨伞……关灯、关门"。那该是出门前的备忘录,看得我心酸又同情。然而一眨眼,自己也差不多到了随时该记下些什么的年岁,只是很怕有一天,会像马尔克斯《百年孤独》里,那个因传染性失眠导致全体村民失忆的情节,村长坐拥一屋子的小抄,却完全不知道它们要提醒自己些什么。

我一直很庆幸自己未涉足演艺圈,或从事时不时要在公众场合露脸的工作,无须为一身臭皮囊在那儿拼搏奋斗,只为多延长个几年可以示人,那是很吃力又颓然的事。步入初老,我只求脑子运作无碍,致力让思绪保持清明,可以亲睹自己缓缓地步入人生的另一个阶段,细细咀嚼渐老乃至终老的况味,我想当面对并接受"人都会变老",或者"人要够幸运才能待老"这样的想法时,晚景是可以怡然度过的。

不速之客

我在生活中有两副面孔，虽不致人格分裂的地步，但有时还是会觉得这双面人的个性很有检讨的空间。

当必须接触外面世界，不管是演讲还是媒体访谈，自觉想阐述一些理念时，即便面对的是陌生不可测的读者群众，也都能坦然地侃侃而谈，会后的签名合照也都心甘情愿地勠力配合，这于我一点也不困难。此外平日教职工作难免也会遇到要和家长沟通的时候，即便是"直升机父母"，我也都能耐住性子慢慢聆听（他们要的并不是建议，而是希望所有人理解他们的负责用心）；在课堂上对孩子各式各样的需求，也都尽可能满足，我知道这是工作、这是职责。

然而一旦回到家关起门来，我便成了一个死活不想理人的怪胎，有时甚至连电话也不想接。也许不少人都有这个问题，但我觉得自己这毛病有些严重。以前还住山下时，住家教室合二为一，孩子结束学校课业便免费接来家里上课，肚子饿了也无偿供应点心，完全是想为家长省些心力。但下课送走孩子后，门一锁窗帘一拉，任谁来敲门也不应不理。最严重的一次，一对学生姐妹花在屋外又按电铃又大声呼叫，已换上睡衣的我打死不开门就是不开门，其结果是门铃给按到短路，险些酿成火灾。

搬到山上后更有不理人的堂皇理由,除非至交,不然没事先预约,就算狗吠震天也休想要我出门迎宾。多次窝在屋里远远看着众狗儿郎把那不速之客驱逐出境,心底"嘶嘶"冷笑:"活该吧!谁叫你不先打个电话,其结果就只能如此喽!"此时的我是一点同情心也没有。有时在院里忙猫忙狗被活逮时,自小良好的家教还是会让我按捺住性子款款相待,但肚子里却是一把火。

一次,经友人转述,一位由邻居带来的陌生客,语带轻蔑地发表来访感言:"啊?作家就是这样呀!"要不怎样?难不成要像小龙女不食人间烟火地飘过来飘过去,时刻做沉思状?至于对方没好意思说清楚的我那一身邋遢,更让向来不修边幅的我恼羞成怒,在山上做粗活时谁会把好衣服穿在身上?是等着给狗猫抓?还是等着被树枝扯?咦?我都不嫌你突袭,竟还嫌我未盛装打扮迎宾,真是是可忍孰不可忍,由此愈发让我对类此访客萌生一股无名火。

还有一次,只有我一人留守在家,一阵狗吠喧闹声中,见一左摇右晃的原住民朋友大邋邋地闯进院门,完全无惧狗群围绕。我躲在窗后一方面担心关防失守,又担心狗儿们真的尽责到冲上去把这醉汉给生吞活剥了。只见他老兄纵身一跃,支出条腿回旋踢了一圈,所有狗儿被这突如其来的武艺秀给惊得全场发傻,接着便见他伸出手去抚弄那些还在呆滞状态中的狗头,咦!它们还全都给安抚到变节摇起尾巴来!正当我担心他就要大摇大摆闯上楼来,却见他一副此处不留爷自有留爷处的模样,拍拍屁股越过河扬长而去。后来和另一半说起此事,他稀松平常地说:"他每次都这样。"所以全家连人带狗就我一个大惊小怪。

另外一次是位年近七十的读者,拖着所有家当就这么闯上山来,打算在我们家安居落户起来,是呀!偌大一方院子,怎会容不下一个人？而且我连猫、狗、鸡、鹅都能收容，对人不是更该伸出援手？如此的理所当然自然是把我又弄得一肚子火。在我婉转拒绝后，她提出第二个要求，便是把生平从头叙述了一次，希望我们姐妹有谁能为她作传，这更让我烦躁到不行，虽然她的故事还算曲折，但如此强把意志加诸别人身上，尤其是创作者身上，只会让人怒火中烧。

前一晚她抵达镇上时已错过了上山的最后一班车，最后只好折返市区在麦当劳坐了一夜，晨起换了两班车才来到山上。如此困顿奔波，却受到冷眼相待，只因为没事先告知直闯进来犯了我的大忌，这让我恼火不已，恼她的不请自来，但我更恼自己的古怪个性复发。她待了约莫三个钟头，所有需求全让我打了回票，最后看着她踽踽离去，我的心又软了，寻了件厚厚的冬衣，找了些方便料理的食物塞进她那带轮的拖篮里。

而后这事一直萦回在我脑海里，她那孤子的身影也一直挥之不去，虽则她暂时还有安身之所，也还有些许余钱可度日，但狠心任她离去，甚至连个电话地址也没留，仍让我懊恼至今。即便最后我可能一样不会答应她的要求，但若不是当时又躁又烦的，至少我可以当个温暖的聆听者，或建议她可以寻求其他协助通道。

人的年纪越大似乎越孤僻，尤其像我有书稿为友、猫狗为伴，有时真不觉得有和人打交道的必要，算起来一生参加过的婚宴喜庆十个手指都数不满，原有不凑热闹、宁可雪中送炭赴丧不赴婚的想法，而今淡然到连丧礼也缺席。与其在烦冗的仪式、陌生的遗容中哀悼往生亲友，我更想独自深刻地思念他们。且当我最后也离世时，是连丧礼都不许办的，火化了海葬、树葬都行，若不怕污染环境倒河里也行，怎么省事怎么好，别再浪费丁点儿资源在那臭皮囊上就是了。我是这么严正地告诉我女儿的。

　　所以当有一天不速之客死神降临时,即便我是如何恼他未事先告知,火他未让我做好准备,但我应该仍会拿出好教养款款相待,并乖乖随他离去吧!

淀粉的诱惑

最近做了定期的血液检查,其他还好,唯独血脂超标严重。这真令人大惑不解,近年别说油脂了,就连瘦肉、鸡蛋都减量再减量,指数为何会如此飙升?经医师一番讲解,才终于明白一切问题都出在淀粉,食用大量淀粉会转化成糖,若欠缺运动,那糖便会进一步转换成脂肪堆积在体内,这便是血脂过高最大的原因。

遵医嘱回到家来好好检视自己的饮食习惯,才发现,天哪!我每天吃下肚的淀粉真是多得惊人!比如白米饭,一餐两碗是基本款,遇到下饭的菜便不止这个数,若换成我最爱的白粥,那更是一碗接一碗没个底,哪怕只以酱菜佐餐,也能喝到锅底朝天。面食一样令人无法抗拒,尤其是各式汤面总是以海碗起跳。若照医生的叮嘱,或可戒掉面包馒头,但若连米饭面条也得戒除,那我真的不知道还可以吃什么了。

记得孩提时对这两项主食并没那么钟情,或许因为那时候配送的眷粮是在来米,除了一股陈仓味儿,还蓬松得全无黏性,再好的菜肴也带不起食欲,只能靠浓郁的汤汁拌饭,囫囵吞下交差了事。后来脱离了眷村生活,经济也慢慢裕如起来,蓬莱米便不时出现在餐桌上。那时才懂得日剧中大和民族用餐时,为什么可以如此秀气地以筷子夹起米饭送进嘴里,而不像我们吃饭是用扒的。时值十六七的我,自此便爱上了这晶莹剔透、饶富弹性的大白米。

要蒸出一锅弹牙饱满的米饭,当然日式电子锅会比传统隔水蒸煮的电锅效果来得好,若在蒸煮前先浸泡个把钟头,那米饭的口感会更好。有人还会在锅里点上几滴油,让米饭看起来更晶亮。但我嫌造作仍坚持原汁原味,顶多在起锅前翻松一下。不过动作要轻,千万别碾碎了柔糯的白米。还有插头也要拔掉,保温固然好,但把米给焖黄了那就不好了。

先进的电子锅轻易就能煮出一锅好米,但真正的极品还是得用传统大釜柴薪慢火烹煮,除了特别能提出一股馨香味儿,还能在釜底烤炙出一层金黄可口的锅巴,那可是我的挚爱。小时候的外婆家还用大灶柴火煮饭,用餐时一张圆桌都不够坐,所以煮饭的锅可是大得惊人。那锅巴本该量大到足以满足我那无底洞的脾胃,但医生外公却不让我们吃,说是锅巴伤胃不好消化。然上有政策,下有对策,盛饭时我总会藏几块锅巴在碗底。吃不足,则等阿姨把锅抬到院子要喂鸡鸭时,抢在未拌入饲料厨余前,再探进锅里抠几片解馋。一次正要抢食时,不想一旁早已不爽很久、长得像外星生物的火鸡,飞扑到我肩背上,一阵猛抓狠啄,头皮险些掀翻,这才让我戒掉了锅巴的瘾。不过长大后,不管是广式煲仔饭或韩式石锅饭仍让我难以抗拒,贪图的就是那层薄薄的黄金锅巴。

说到面食,唉!这才真是我的死穴。馒头、包子、水饺对我的诱惑还好,但刚出炉的水煎包于我则是致命的吸引力。还住山下时,旧居不远处有一家早餐店,他家的韭菜煎包,皮煎得金黄酥脆,一口咬下去,韭菜的辛香、粉丝蛋末虾皮的鲜美,真是让人感到置身天堂的美好。拳头大的煎包若放开吃，我一口气能吞下五六个。一次在排队的长龙里，觑见张大春的夫人也在列，显然同是山东人的她也爱这一味。

各式面饼也是折磨人的，最让我撂不下手的便是单纯的面饼，如火烧、朝牌饼，以及新疆的馕。每次看李娟描写烤馕都令我口水直流，即便它是直接铺在羊粪上烤就的，一样令我心生向往呀！至于老家宿迁那贴着炉壁烤出来的朝牌饼，抹上鲜豆瓣酱一样令人吮指难舍，即便不加什么，空口咀嚼也是越嚼越吃得出粮香。这和台湾进口的惨白面粉做出的饼，是全然不同的滋味。

老家还会做一种单饼，几乎可当作主食。妇道人家一早起来忙的就是烙饼这活儿，在家卷着菜可当三餐吃（多只是抹了面酱夹了葱），出门在外捎上一大摞，走着吃着好赶路。我那白手起家的爷爷，疼奶奶是表现在行动上的，一次溽暑看奶奶在灶前烙饼烙得一身汗，即刻便在厨房壁上凿了扇窗。这贴心的举措让父亲念兹在兹到老还不曾忘怀。我有一好友，父母皆山东人，听闻我这小同乡好面食，一次特烙了叠饼又炒了盘肉丝芽菜解我的馋。那柔韧的饼皮，卷上浓郁的肉丝及爽脆的绿豆芽，让我一口气连吃了八卷，每卷都有婴儿手臂粗。隔天称体重，天哪！足足重了两公斤，再没比这更恐怖的事了。

至于面条，于我就好像呼吸般必要，管它是拉面挂面刀切面刀削面，即便是机器大量生产的面条，我一样欢喜。儿时小店小摊卖的阳春面，只搁了些葱花、一撮小白菜，连汤头也只有酱油味精打底，但仍让我吃得喜滋滋的。小孩嘴贱，隔锅饭香，只要不是家里煮的都好吃，因此面食又多了份外食的喜悦。如今抱着怀旧的心情想找这清汤寡水的阳春面，还真是遍寻不着。而闽南的切仔面、客籍的油葱面则要讲究些，汤头都以猪骨熬就，搭配的多是豆芽菜及韭菜段，较用心的会在面上多铺几片盐酒暴腌过的白切肉。唯客家口味油葱（红葱头爆猪油）加得凶，香则香矣，但于健康实在不利。但这是我赶课间最常用以果腹的面点，既便宜又省时，三餐吃都不腻。

年轻时牙口好，专喜欢挑刀切面刀削面进食，台北信维市场（信义路与四维路交口，至今仍在营业）有两三家外省人开的刀切面店，他们手工揉制的面常让人咀嚼得两颊生疼，所以又被我们戏称为"橡皮筋面"。不管是牛肉面、猪蹄面还是干拌炸酱面，都便宜又大碗。年轻时还奈何得了，如今一把年纪再去挑战它，不仅胃塞不下、牙口受不了，恐怕让那浓郁汤汁下肚也平添几分洗肾的危险。

说到汤头，最讲究的莫过于日本人的拉面，即便看似汤汤清水，也都是大把大把柴鱼、海带长时间熬煮出来的。至于其他味噌、豚骨、海鲜打底的，更是需要花半天到一天的时间熬制。但如此费工熬煮出来的汤头，却不适宜喝下肚，顶多面端上桌可先舀一勺品品它的好滋味，接下来吃面时稀里呼噜带进一些汤汁浅尝即止，若坚持要让碗底朝天，那只是和自己的肠胃过不去。我便曾傻傻地把一碗浓郁到不行的海鲜汤底给全喝下肚，换来的是胃痛了一个礼拜。日本人便曾说过，端看吃拉面喝不喝汤便可判定你是打哪儿来的，看来如我这般傻乎乎的中国同胞还不少。

在还讲究面条口感的以前，我是吃个方便面也能弄得十分不方便的人。煮面时为保持面的Q韧，我一定守在瓦斯炉前，待水滚面块稍散便即刻捞起，趁它绵软前赶紧吃进肚里。若要加蛋加青菜，就重新开火热汤再煮。这整个过程包括吃在内，都是站在锅前解决的，吃个泡面都像在打仗似的。不过这方便面也是不宜将汤汁喝下肚的，专家声称一周若吃三次以上，便有三高（高血压、高血脂、高胆固醇）的风险。年轻时，恋爱谈得肠胃失调，却曾有医师建议我多吃好消化的泡面，唯独调味包减量，淡而无味难以入口，权衡之计便是只吃面不喝汤。也许当初发明这泡面的日本人，会把配料弄得如此重口味，便是如日式拉面般没打算让你喝下这面汤的。

  如今，煨面、打卤面成了我的最爱。若冰箱里有小排或龙骨，拿它来炖至泛白，用这高汤煨面的同时，到院里摘把青葱切成段丢进锅里，待面条吸饱了汤汁便好起锅了。至于打卤面，则是先以虾米、香菇爆香，再加肉及大白菜煨煮，水滚置入面条，起锅前淋上蛋花，便是一顿美美的飨宴。此外，新疆拌面、山西刀削面、各式意大利面以及周边相关面点，面疙瘩、猫耳朵、拉条子……乃至还未亲尝的拌了二十种以上佐料的梦幻重庆小面，都是我的快乐源泉。如今这些生活中的盼头全成了致命的吸引力，吃了要命，不吃也要命。吃是不吃呢？真是让人纠结呀！

飞来横祸

这几天我一直在思索，要如何看待这一场意外？

2012年8月3日晚间近十一时，我驱车由苗栗回龙潭，途经香山交流道，要穿越省道上北二高的十字路口，被一辆酒后驾驶闯红灯的自用车拦腰撞上，当场车子全毁。很幸运的是，车上只有我一人，因为车是由右边撞上的，若身旁有人，依车身凹陷程度及玻璃洒落的力道，我真的不敢想象后果会是如何。

我清楚记得，到达那个十字路口时，正逢红灯，前方便是北二高交流道入口，待信号灯由红转绿，我确定了一下左边省道上的车都停妥了，才加油起动；通过路口时，余光扫到右边来车亦已停止，遂加速上交流道；但是就在这时，右侧突然遭到猛烈撞击，车窗瞬间碎裂，车身往右打滑，撞上路边人行道及路灯才停止，前后不过两三秒钟的时间，却仿佛一个世纪之久。

当时一点不觉得害怕，只是生气，气心爱的车子被撞了，气绿灯行驶也会被撞。待我跳下车，第一件事就是找肇事车，隔着涌来的人潮，看到它已冲飞到十米远，且从冒着烟的车体中，摇摇晃晃地走出几个人来。

现场目击者即刻拨电话报警，不过第一个赶来现场的是如秃鹰般的拖吊车,接着是救护车。对方乘客一个有脑震荡的嫌疑,另一位因安全气囊爆伤胸口,也需要就医。路人好心劝我也到医院检查,一来我气得完全不觉得疼;二来我不愿离开现场,宁可等警察来再说。于是大家又好心帮我找面纸擦拭流出的鼻血,也有人提供手机让我联络家人。

因出事地点在北二高、新竹、苗栗交界,国道警察赶来,发现不是他们的辖区,于是再联络当地警局,待新竹第三分局警员赶来,已是半个钟头以后。在这期间,一身酒气的肇事者还跑来,跟我讨论如何辨识信号灯。我气得骂了他一顿,告诉他有什么话和警察说去,便再也不理他。

一旁热心人也提醒我小心对方狡赖,把白的说成黑的。我不相信公理可以这样扭曲,但心里仍不免发毛,驻足在黝黑的夜里,因为余惊,因为无助,身子止不住地颤栗起来。后来得知现场有三组目击证人,都愿留下来为这场车祸作证,心绪才渐渐稳定下来。我因此也才知道,肇事者是在红灯已亮、还超越前一辆已停妥的车时才撞上我的,这也是为什么我余光未看到他的缘故。

果真警员询问的时候,我说我的,他说他的。见他睁眼说瞎话,证人义愤地挺身而出,他才住了口。警员问他喝了酒没?酒气仍浓的他懦怯地说"喝了一点",又辩称他只是"轻轻一撞",警员当场呵斥他:"要撞得多用力才算数?要把小姐的车撞到多远才满意?"随即开了一张闯红灯的罚单给他。

待绘好现场图,做好酒精测试,已近夜里一点,目击证人才陆续离去,因为避嫌,没好留下他们的电话,连致谢的机会都没有。失礼事小,只是觉得在这陌然的社会,素昧平生却见义勇为,实在是值得珍重感念。

最后看着车给拖吊车带走，心里才真正难受起来。出事后我一直不敢正眼看它，怕不争气会当场掉泪。这车开了四年，尤其近两年我最困顿的时候，都是它陪着，平时按期保养，原以为至少还能相伴好些年，我还曾未雨绸缪地担心将来舍不得，不知要如何处置它，而今，它却像废铁一般任人宰割。

回到龙潭才去医院挂急诊，诊断的结果是鼻梁骨断裂，身上多处擦伤，因为系了安全带，伤害已减到最低。但隔天全身都痛了起来，才发现眼眶、腹部、脖子都出现瘀青、红肿，看东西时会出现光影斑斓，腹部疼得打个喷嚏都是痛苦，脖子则使不上力地坐卧难熬，只好再上医院求救。两次进出急诊室，时间加起来不超过半个钟头，前后就送来数起也是车祸的伤者。我这才知道自己有多幸运，至少我还能自己走着进去，走着出来。

事情发生后，我一直思索该怎么看待这件事。有学生说我是因为鬼月撞鬼了，我的回答是："老师确实撞鬼了，不过撞的是酒鬼！"人为造成的事，我实在不愿推诿给鬼神。事后对方颇有诚意要和解，和解的金额买同样的车子半辆都不够，但难不成要上法庭打官司，拖它个一年两年劳师动众？如果全往坏处想，那么整件事除了倒霉还是倒霉。

不管是现场目击或事后看到车况的，都不太相信我能全身而退，"大难不死，必有后福"——这当然是最好的安慰，但我也不太愿意如此相信，以为自己真是福大命大之人。我只觉得这一场经历，尽管主控不在我，但能令我心生警惕，从此行车上路更注意安全，也不算枉费这番折腾了。

昨天收拾随身提包，又捡出一堆玻璃碎片，撞击刹那的景象，如电影中的慢镜头，又一次地在脑海中重现——先是光影从身侧出现，再来是猛烈的撞击，玻璃碎成星钻般横扫过来，车子失控打滑，再一次的冲撞，世界才整个静止下来。当时的撞击力之强，虽有车子护体，但那股力道仍是贯穿了全身，感觉是给直接拦腰撞上的。生理的痛或许恢复得快，但心理承受的震撼，就可能需要点时间才能平复。

不过这些终归会淡逝的，而在我脑海中，永远不会磨灭的，是那几位萍水相逢的目击证人义愤的脸庞。也许你们并不知道，路见不平慨然相助，对一个惊魂未定落难在街头的女子，意义有多大。这将令我永志在心，感念终生。

婚姻不是人生唯一选项

近日参加了一场婚宴,虽称不上是世纪婚礼,但宴席设在五星级酒店,席开六十桌,也可说是豪华盛大了。因双方背景都很显赫,与会嘉宾可谓冠盖云集,上台致辞的就有国民党荣誉主席连战及媒体闻人赵少康,其他文化圈、演艺圈及军系大佬均没缺席,整场婚宴也办得唯美浪漫,席间有乐团伴奏、歌者吟唱,还有数个特大荧幕播放着之前在教堂举行的婚礼影像,及两位新人自幼成长的生活照,乃至相识后的亲密合影。在罗曼蒂克的情歌催化下,还真令人动容,我虽不至于像邻座的友人泫然涕泣,但不禁也勾起了久藏心底属于年轻女孩对婚姻的一些想望。

大概很少有女性朋友能幸免于婚纱的诱惑吧!尤其是年纪越轻对婚姻越怀着憧憬,婚纱便成了一种象征,小女孩对婚姻是不太有概念的,但一样热衷于那雪白的蓬蓬裙,以及覆在脸上的头纱,约莫是觉得和童话故事中的公主一般梦幻吧!我就记得孩提时,哪家大姐姐出嫁,所有的小萝卜头,尤其是女性小萝卜头,一定是蜂拥而至挤在人家门口,为了亲睹新娘子等再久都愿意,每当新娘子出现时,小女生们都恨不得涌上前去摸摸那白纱裙摆,想象中它该如云似雾般梦幻。

六七岁时,被姐姐及几位大一些的女孩打扮成新娘模样,头顶着丝巾，身着邻居妈妈的衬裙，那种尼龙料有蕾丝花边的衬裙，手捧着一束路边摘来的野花，被一群人簇拥着绕了村子一圈。友伴们齐声哼着结婚进行曲，我顶认真地一步一步往前走，还真以为自己是个新嫁娘，丝毫未觉得不好意思。

有人说白纱一生只能穿一次，我的配额约莫就在那场家家酒的婚礼上用尽了，以至于这一生再没披过白纱，但也没太大的遗憾。少女时期，谈过几场恋爱，对婚姻当然有过期待，但似乎中国传统的凤冠霞帔更吸引我。想象中，红烛掩映，满怀期待地坐在红帐下，等着自己的良人揭开头巾的忐忑与羞赧，那才是我所期望的婚嫁呀！

那段时间为一段看不到未来的感情纠葛了数年，我唯一能做的就是如待嫁女子，静静在自己的闺房绣花、剪纸、打中国结，身边有人结婚，便孜孜地为他们裁剪大红双喜，或用喜红丝编一对系着铜钱的吊饰，送上我殷殷的祝愿，然为人做嫁衣的心思好不黯然。

最后一次剪纸编结竟是为自己恋了多年的对象做的，是的，他的婚礼我全程参与，只是新娘不是我，我好似自虐地从他们合八字、选日子，乃至新家布置、婚宴筹办都被拉着一同参与，没办法，新娘是我的闺密。婚礼那天我一身红旗袍，从公证到喜宴，像伴娘似的陪在他们身侧，浑浑噩噩一天竟也撑过来了。席间因帮他们挡了一些酒，回家的路上，微醺的身影在路灯下有些恍惚，唯有那高跟鞋敲击着路面的清脆跫音提醒着我："就这样了。"如果我这生该有场大红喜气的传统婚礼，那么也该在这一天耗尽了。

尔后，我对婚礼不再有什么想望，非必要也不太出席朋友的婚宴，掐指算算这生参加过的婚礼真的是一双手伸出来都数不满，但我仍会出《我的婚礼》这样的题目让学生写。若不是怕家长抗议，我真的也很想让孩子们写写自己的丧礼，毕竟婚丧是人生大事，从如何置办是很可以看出个性的。

孩子们对自己的婚礼倒是充满了想象，有的想包下一整个乐园，让亲朋好友和自己畅玩一整天；也有冒险意味浓厚的，选择了登山、潜水、热气球，甚至高空弹跳的方式庆祝这特别的日子。以上当然都是男孩玩的把戏，至于女孩呢？多半选择庄严的教堂或浪漫的海岛，而白色婚纱是她们一致性的选择，像我钟情的喜红传统婚嫁则是颇符合时代潮流地无人问津。

其实一般人除非财力雄厚，才可能把亲朋好友上山下海地结队来参加自己的婚礼，正常的婚嫁在台湾，不管是去法院公证或在喜宴上一并举办，只要事后至户籍地登记即可。这过程看似简单，但若讲究起来也是挺繁复的，首先会有个订婚仪式，双方说好送多少件礼，下多少聘金，这聘金女方多半并不真收，只是场面好看而已，至于喜饼也是这时发送给亲朋好友，有预先告知的意味。若这一天办喜宴也是以女方亲友为主，待等正式结婚时则由男方主导，也有为了省事，订婚结婚放在同一天办的，设宴收礼金时，有些会分两边收，男方女方壁垒分明。

在细节方面，男女互送的礼可重可轻，有些女方家长看不开，要求过多，或原说好不收聘金的，却临时收拢了去，还有要求非得要在怎样的餐厅、开多少桌席才满意，一场婚嫁办下来，两边反目成仇，亲家顿时成仇家，即便当时不翻脸，但女儿嫁过去要如何与婆家相处呢？幸好现在婚姻大事多由年轻人自己做主，为人父母的乐得到时候打扮得光鲜体面负责出席亮相即可，只有傻瓜才会在那儿说三道四的。届时若把婚事搞砸了，年轻人更理直气壮地不结婚了，那才真让人头疼。

在台湾做父母的倒都不太敢明目张胆地催婚，但听闻大陆适婚女子的日子似乎就没那么好过了，尤其是春节返乡，人还没到家，相亲已排了好几场。其实我们三姐妹在适婚年龄都曾有过热心的长辈想当介绍人，除了二姐高中时期便已认识了现在的夫婿，大姐和我都未能幸免。好在知女甚深的母亲总会为我们挡住，她最常回的一句话就是："别去害人家了吧！"以善持家务又兼具温良恭俭让的标准来说，我们姐妹真是遥不可及呀！

但我还是拥有一场堪称相亲的经验，对方是ABC（美籍华裔），家人约莫看我死守着那份没指望的恋情不是个办法，便应允了那晚的餐宴，这打断了我和死党在中台湾的游玩，硬被叫回台北赴宴。因事前没被告知，一身嬉皮打扮的现身，不只让对方父母很是震撼，我也从家人眼里看到了自己的不合时宜。后来被安排坐在那男孩身边，且气氛有些异样，我才惊觉这场宴席的主题是什么。老实说感觉真的很不怎么样，有种待价而沽的难堪，本就抱着可有可无心态的父母，之后并不再提这事，我和那男孩也未进一步联络。后来一次在天桥上巧遇，谈了两句话就擦身而过了。其实他条件并不差，只是那样的相识，着实令人无言呀！

比较之下，我的一位年轻闺密的相亲就有意思多了，一次是和人家约在北海公园门口，两人见了面进园里晃了一圈，她还正想终于碰到一个可以谈天的人了，哪知最后才发现彼此并不是原本约会的对象呀！另一次则是约在麦当劳，她走进去后发现有两名单身男子在座，她思考判断了半天，选定那该是目标的人上前打招呼，不想话说到一半，另外一位男子扯了扯她的衣袖说："是我啦！"为此我们常打趣，要和她见面最好是戴朵玫瑰花在胸前，也可以把花衔在嘴里，效果可能更好。

另一位彼岸来的女孩,也为父母逼婚所苦,相亲次数已无法计数,却始终没遇到中意的对象,为此台湾的友人特别安排她到新竹科学园区旁一间庙去求姻缘,据说很灵,至少这位友人的儿子就是来这庙求神时认识他妻子的。我们去时香火鼎盛,人潮川流不息,热闹极了。庙方听说她来自对岸,一样让她走完所有流程,并殷殷叮嘱她该注意的事项,最后要她放心,他们会通知大陆对口的神明办妥这件事。我这才知道连台湾和大陆的神明庙宇均已发展至关系企业了。

到底灵不灵呢?一年过去了,虽未收到她的喜讯,但是不是已有了交往对象了呢?但其实我心底清楚这些适婚年龄的女孩们,学历高、工作好、有自己好好的生活,若不是真命天子出现,她们为何要舍弃这些为婚姻而婚姻?若照字面上的意思来解释,女性同胞大概要被爱情冲昏了头,才会义无反顾地走进婚姻吧!但这对三十以上的熟女来说,是何其不易呀!所以,十几二十岁对白纱、对婚姻还充满浪漫情怀的年岁,才正是最好嫁的时候,过了这时段,理智胜过一切,对方要有多优渥的条件,才能让熟女们相信二人世界会比自己悠然过活要好?所以只要不是为嫁而嫁,晚婚未必不好,至少两人关系是经过深思熟虑的,而不是一时被感情冲昏了头,待等柴米油盐逼到眼前来时,再深厚的感情也经不起消磨呀!

我一直以为,婚姻绝对不是人生唯一选项,只要能把自己身心安顿好,独身反而能做许多自己想做的事。不过婚姻好似一个道场,它可以让我们在最短的时间里学到最多,学习与自己成长背景不同的人生活在一起,学习待一些原本陌生的人为亲人,学习为人妻为人母,学习为人媳妇为人嫂嫂……不管你愿不愿意,婚姻就是个迅速让人幻化成多重角色的场域,若只是抱着白色婚纱浪漫情怀走入这场域,那不仅会大失所望,还可能遍体鳞伤呀!

当购物欲发作时

年轻时曾听一位友人谈及她的祖母,用来挽髻的那几根发夹,一用三十年没换过也没遗失过,对当时正处于什么都求新、求变的年纪的我,真是不可思议。那段时间正逢台湾经济腾飞,物资从缺乏到泛滥,物价也飞腾似的翻涨。眼看着一碗阳春面从两块五涨到二十五元,十倍的价差不过在一年内就完成了,卫生纸也贵到快上不起厕所了,幸而薪水也跟着调高,不然民生必需品涨到如此地步是会闹革命的。

年纪十五二十时,我因为失学兼失恋,常一人在台北街头游荡,面对琳琅满目的商品,欲望像饱胀的帆,口袋里的钱永远跟不上它流走的速度。年轻的感官是如此强烈,以致永远处在欲求不满的状态中,很是煎熬。那时没快餐店,也没便利超商,我到处找打工机会,也四处碰壁,父母看我如此汲汲营营忙着赚钱,还曾忧虑地问我,是不是在外头欠了什么债,唉!我要如何跟他们说,我只是想买条裙子、买双漂亮鞋子、买管擦了不要老蜕皮的口红(嘴唇倒因此常保鲜红),还有到"老天禄"买卤味时,不要只能买最便宜的鸡肝、鸡爪(其实后来发现店里最好吃的就这两样)?

后来真的在外面工作了,一份编《三民主义大辞典》的工作,薪水却少得可怜，房租去掉一半，水电又削去一块肉，剩下的钱正够吃饱，连通勤都得靠单车，有时下班已饥肠辘辘，骑车经过面包店及各种吃食摊子，那香味真是折磨人呀！能做的就是闭气匆匆骑回家，和室友们吃便宜的大锅饭。因此曾有一个晚上，梦见去吃到饱的餐厅，拿了满满一盘美食，正待大快朵颐时却醒了，惹得我没出息地坐在床上抽咽道："连做梦也吃不到呀！"

也许年轻时真的被物质欲望折腾够了，以致后来衣食无虞，却还存在一种恐慌心理，好似不把家里的冰箱、橱柜塞得满满的，生活就没保障，日子就过不下去。而最能平复这病态心理的就是大卖场了，面对满坑满谷的货品，真是感激涕零，尤其住在乡间，进城就更有大肆采购的理由，一辆大推车堆得满满的，仿佛隔天第三次世界大战就要开打。

当然除了黑洞似的欲望作祟外，资本主义鼓励消费的商业行为也是难辞其咎的。君不见市面上各式促销活动时时都在上演，打折特价、买一送一、集点换赠品、满额送好礼、周年庆特卖……想得到地、想不到地、随时推陈出新地用各种方法要你买，且买越多越好。人很容易在这样的鼓动下变得盲目而冲动，一不小心就买下一大堆完全不在计划内的东西，尤其以刷卡的方式消费，更是缺乏实质花钱的痛，等账单来了再哀号也没用了。我听过最惨的是一位女性友人，控制不住自己的购物癖，以致每当刷完卡后都恨不得剁掉自己的手。

店家在陈列商品时，也很是一门学问，摆放的方式对了，再不需要的东西也勾得人非买不可。而我觉得其中佼佼者非"屈臣氏"莫属，每回踏进店前，都不觉得自己缺什么，但逛了一圈后却总是杂七杂八买了一堆，以前去香港就是如此，后来它进驻台湾后依然如此，我唯一能抵抗的方法便是过其门而不入，但从此三不五时地就会接到他们传来的各种打折特价的短信，谁叫当初贪图会员优惠留下了手机号码。

电视购物频道也是个诱人消费的管道，舌灿莲花的推销员不仅把商品说得天花乱坠，还会故意以限期限量的方式，警告你不即刻下单就失去抢购的机会了，一旁的跑马灯还会打出销售数字。当你眼看着存货一直往下递减，真的会觉得错过这机会就再也买不到如此完美又如此廉价的东西了。可是当第二天打开同一频道，发现怎的同一件商品死而复生地又再现江湖了呢？还好，我对非实体的购物一向不感兴趣，总要眼见为凭，当场银货两讫才心安。如此跟不上时代，或许也躲过了许多花冤枉钱的怄气事，而且自从搬到山上，我已不看电视十多年了。

所以为避免自己欲望不断膨胀最好的方法，或许就是不听不看不逛街，但把自己弄得耳不聪、目不明、五体不勤也不是件好事。几年前开始，我试着在出门前先列购物清单，有几次写好却忘记带，回到家来一比对，果真是该买的没买，不该买的却买了一堆。至于看到了喜欢的衣服鞋子，则会要自己冷静，先离开事发现场去别处绕一圈，或回家再想想，毕竟衣橱、鞋柜就那么一个，有新的进来势必会挤出个旧的，那些跟了你十年二十年的贴身衣物真舍得割舍吗？所以，家小一点、柜少一点也是节制物欲的良方。

不过最好的方法还是每次动心要掏钱时，先问问自己眼前这对象是真的需要吗？少了它日子会过不下去吗？遂会发现我们想要的东西真的太多了，真正需要的却少得可以，经这样省思后，购买的欲望便会降低许多。而且不觉得吗？我们早该扭转"大量消费以带动经济发展"的谬论了。过去的五六十年间，我们所耗费的地球资源是过去几千年人类所使用的总和，且许多的资源也已濒临消耗殆尽的地步了，这不仅令人汗颜，也该有所警惕呀！

当我们自发性地删减所有杂物，让身边存在着多是必需品时，会发现生活顿时简单了许多，人也跟着清爽起来，且惜物的感觉真的很好，会让人心生感激，并对身边的所有一切都深情相待，那如黑洞般的物欲及莫名的恐慌，也随之不药而愈了。

有些事我们应该记得

有很多的书、很多的电影是不忍看、不敢看,却会逼着自己去看,不是有什么自虐倾向,而是它们会提醒我一些事,一些一定要记得的事。

人类从古至今,因种族、信仰所发生的战争及大屠杀似乎从未间断过,历史记载不胜枚举,如十字军东征,在当时罗马教廷的默许下,打着"捍卫宗教,解放圣地"的大旗,在近二百年间(1096—1291)发动十次以上对伊斯兰的征伐,以圣战为名行劫掠之实,最大受益者是教廷与西欧封建地主。当这些上帝的子民看到战场上尸横遍野、平民百姓流离失所时,他们心里是如何思索的?他们又是如何面对上帝的?不会心虚胆怯吗?但往往最可怕的是,他们相信真理公义是站在自己这边的,所有的杀戮都是必要的恶,所有的伤害也是必要的牺牲,那种顽强执拗的信念,才是人类悲剧之始。

每当我看到类此假宗教之名,却做尽恶事的实例,都提醒自己,信仰是要清明思辨的,与其透过某些代言人谬误的解释,不如直接面对自己的天父,盲从只会让人怠惰,且是遭人利用的温床。

基督教与伊斯兰的争战,从共同的先祖亚伯拉罕起已有数千年之久,两方人马均视耶路撒冷为圣城,当一方实力够强时,便会将原据守在此的势力驱逐至沙漠,并将城内建筑教堂毁个彻底,接着在废墟上重建自己的信仰。待另方人马经过一番集合教训、兴起收复圣城的雄心壮志,便又打回城里,一样把对方所有销毁殆尽,再兴建一个属于自己的城市。如此这般周而复始,遂使耶路撒冷像个层层堆叠的拿破仑派,而今天在派顶最上层的是二战结束后在此建国的以色列犹太人,与被驱至一旁的巴勒斯坦几十年来仍争斗不休。

恐怖主义绝对不可鼓励,但面对船坚炮利的西方基督教势力,伊斯兰族裔能选择的应战方式真的不多。美伊战争的由头固然是萨达姆入侵科威特,但不可讳言的美国出兵的借口实在牵强,尤其是第二次攻城略地进入伊拉克后,至今仍未找到先前所宣称的毁灭性武器,如此不对等的武力,又缺乏正当发动战争的理由,且死伤数如此的不成比例(伊拉克死伤的十万人多为平民百姓),因此各个恐怖组织前仆后继的出现,就一点也不奇怪了。

在台湾看世界多是以西方基督文明的角度切入,若不想被如此一言堂的媒体掌控,那么就要从其他视听阅读管道找真相了。说到此,有一点还是要佩服美国人的,尽管他们的政府常挟正义之名,以"世界警察"自诩,但民间也常借着影音文字漏执政者的气,与越战相关的电影就不计其数。这些作品鲜少有歌功颂德的,几乎是一面倒地在凸显这些战争的荒谬与不公不义,这难能可贵的自省能力,是否真能延伸为历史教训的记取?这就不得而知了。

战争死伤惨烈真的是令人不忍卒睹,最记得小时候看"诺曼底登陆",当目睹那一船船从登陆艇冲下来等着被机枪扫射的大兵时,母亲曾喟叹:"每个人都是妈妈一把屎一把尿带大的呀!"是呀!有什么理由必须牺牲这么多的生命、伤害这么多亲人的心?除了捍卫自己国土、人民的战争,如中国不得不的十四年抗战,我实在无法认同以任何冠冕堂皇借口发动的战事，有的甚至只为满足少数或某个狂人的野心，赔上多到无法计数的生命，难道不该被记得、不该作为前车之鉴，永远别再让它发生？

更可怕的是对手无寸铁非我族类的大屠杀。二战期间的南京大屠杀，即便罪证确凿，日本人至今仍不愿承认，当邻近的国家为了慰安妇讨公道时，日本政府也粗暴以待。当一个国家不愿面对过去的错误，甚至要修改史实，那会是一场灾难的开始（德国人在这方面做的真是好太多了）。回首不到百年前日本帝国主义的张狂，不仅使周边国家受创甚深，也使自己几近亡国，面对如此血淋淋的教训，若选择的是遗忘或改变记忆，那重蹈覆辙在所难免，这真是全体人类的悲哀。

另一个鲜明的例子，即同样发生在二战期间犹太人的遭遇，每当看到类似的影片，总会愤怒与不解，人怎么可能对人做出如此残忍的事？那一车车被送进集中营的男女老少，那一批批被赶入毒气室的待宰羔羊，那一具具堆积如山的尸首，都曾是一个个活生生的人，他们和我们一样都拥有梦想、拥有过爱，曾欢喜快乐，也曾伤怀落泪。在处决过程中所有经手人的眼中，这真的什么都不值吗？还是不得不漠视？

据统计，二战期间有二百八十万的犹太人，惨遭德国纳粹如灭族般屠杀，也有许多的统计数字要远远超过此。但不管真实数据为何，它也只是个数字而已，若不深入去了解这背后的每个人、每个故事，那么这段史实终将被尘封、终将被遗忘。所以即便怎么不愿意，我还是会强迫自己坐下来看完它，我多么希望每个人都能牢记这些故事，记得在这世上，曾有人被这样迫害过，只因为自己不能改变的族裔，或不愿改变的信仰,而像蝼蚁一般被杀害。

有人曾说过"错误的历史最怕重演,会重演的原因往往是因为失去记忆"。愿以此语与大家共勉。

三十年后的我

每个人小时候一定都写过《我的志愿》这样的作文，自己当了作文老师，便不忍再用这样的题目框死孩子，于是变个把戏，用《三十年后的我》让孩子尽情发挥，题材也不限定在立业范畴，包括成家也可以是想象空间。

虽然在书写习作前，我已尽可能地让孩子明白职业的无贵贱，生活多样的有意思处，但文章收回来，这些未来的主人翁，大多数仍选择了中规中矩的职业，也都乖乖地去结婚，并生下一儿一女，职业栏中仍以警察、老师、医生、博士居多，比较讶异的是没一个想从政，至于清洁队员、农工方面的工作，再如何晓以大义，仍是无人问津，还有保家卫国的军人，也很合乎潮流地无人选择。

这样的问卷，显现的是目前社会的价值观，但似乎也和当初我们那年代相去不远。四十年来台湾变动之巨，无论从正面或负面来看，都是叹为观止的，但深藏于内，却仍有许多根深蒂固、不易动摇的观念，这或许正是一个体制、一个社会赖以维持的力量吧！

我小时候的志愿是当老师，很幸运，三十年后真是以教职为业，但当初填写医师、科学家、博士、航天员的那些童年朋友们，是不是都如愿了呢？当社会价值标得如此高，却没有相等的空间容纳如此多的想望时，整个社会所承载的失望与不满是相当沉重的。

常有人慨叹中国传统士农工商的价值观已荡然无存，但我以为在现有的升学主义推波助澜之下，这观念不仅未式微，反而执行得更彻底。在农业时代，需要大量的人力投注在农事上，一般的家庭能让一个孩子闲置出来读书，已是不得了的事，得此机会的自然以读书为一生志向。读得精益求精外，更负有通过层层考试觅得官职光耀门楣的使命。尽管寒窗苦读并不能保证荣华富贵，失意落魄的读书人多充斥在传奇章回小说里，但大体而言，当时的社会还算负担得起如此数目除读书外一无所长的人口。

然而处在今天人人都可以、且必须读书的时代，若把原有以读书作为人生唯一志向的观念带进国民教育中，那将是一场灾难。义务教育绝对有提升国民素质的效用，但是不是就把它好好定位于此呢？读了九年、十二年书的孩子，并不表示他有责任要继续去挤高中、大学的窄门，以及没完没了的硕士、博士、留学考，等等。并不是多读书、多考试有什么不好，而是以整体来看，专业的学术研究者，在整个社会毕竟是占少数。除了文凭，老实说，我真的看不出一个大学生会比一个有专长的高职、专科毕业生，对这个社会有更大的贡献，如果他不再继续钻研所学的话。

也许对为人父母而言，事情没这么简单，每个人都觉得自己有责任为下一代寻求最好的受教育的机会，但受教育的路不只是一条呀！在一般人眼里，除了高中属正规管道，其余专校、商职、商工、美工都属于不得已的选择，学徒制的习艺就更别提了。而很矛盾的是，如果社会需求真照着这样的比例还则罢了，实际上即使到了科技如此发达的今天，纯读书的人口需求比例，并不会比古早时代增加多少，整个社会还是要靠所谓"次等选择"的教育管道出来的人口支撑。但以目前的情形看来，社会价值观影响技能教育质量，受教者迫不得已的选择，更影响学习效果，于是社会上便充斥着看似都受过某种程度教育却无所适从的人。

这是从实用角度来看，若从心理层面分析，每年受过义务教育的青年学子，在参加中考时就刷去一半，高考时再刷去一半，就算放低考试的门槛，到了社会上一样要再刷洗一次，经得起层层考验固然可喜，但对那些必然要被刷下来的孩子，真的是很残酷的。更残忍的是，很多孩子因为升学主义，在踏入义务教育的第二阶段时便被放弃了，之后三年的放牛式教育，对他的人生不仅是耽误，更是社会资源的浪费，人格发展期受到如此扭曲，不产生青少年问题才真是奇怪。

也许我比较悲观，每当我面对课堂上那一张张稚气的脸孔时，禁不住要伤感，到底其中有几个孩子经得起那一层一层的剥皮？不久之后，他们就要因为成绩的优劣而被贴上好孩子、坏孩子的标签，虽然小学阶段已经有这样的压力存在，但至少距离中考一翻两瞪眼前，还有一段时间让他们躲藏，当社会的价值、父母的期许一并来临时，我很怀疑还看得见那一张张天真的笑脸吗？所以每当知道某个孩子已拥有所长及兴趣，或有一对很豁达的父母，不以课业成绩为唯一评比孩子的方式，我的心里便可舒缓一些。至少摆在他面前的不只有一个选择，也许因为美术、音乐、舞蹈，或是一对很了解他的父母，他可以不必一定去挤联考的窄门。

也有人认为教育的目的正在于磨炼孩子的韧性，使他未来在踏入社会，甚至地球村的时候，更具有竞争力。是的，如果教育只为了一路筛选、培养精英，或许我愿意苟同，但因此牺牲掉绝大多数人身心健全发展及谋得一技之长的权利,绝不是一个健全的社会所该有。大家最爱将多元化社会挂在嘴上,但面对孩子们时,我们是不是真的给他们提供了多元化选择的机会?

社会价值观的改变真的是不容易,社会价值的不易改变也有它的必要性,只是在这之间我们是不是可以留下一个稍大的空间,容纳更多的可能?包括打散教育的一元化,容许目前许多体制外的教育方式存在?父母与其期许孩子因读书出人头地,是不是更应该在他们还小的时候,发现孩子所有的可能,让他们在未来,有更多机会选择其他?

期盼多年后,如果我还没老到教不动书,在孩子的习作里,真的能看到比较松动、不一样的价值观,而他们的选择也是充满了多元化呀!

教养可以这么自然

《教养可以这么自然》是一本书的名字，作者涂翠珊，出生于台湾，因为至欧洲深造，认识了芬兰籍的丈夫而缔结良缘，他们婚后曾在台湾居住过一段时间，之后才决定回芬兰定居，并在五年前，生下了一个俊秀的男孩小雷。这本书描述的即是这位台湾妈妈在遥远的北国，从孕育到抚养孩子中深刻感受及观察到的种种，若换成她的话语，这本书叙述的是："孩子教会我的事，以及芬兰这个国家带给我的生命启发。"

在这本书之前，翠珊以"北欧四季"为笔名，发表了许多文章，并结集成书，其中《设计让世界看到芬兰》还获选《中国时报》开卷年度美好生活书。去年应联合报邀请出访芬兰，翠珊随行翻译，因而与她结缘。我们此行的目的是去探访芬兰这森林广被的国家是如何守护、珍爱他们的山林的，行程中走访了国家公园、政府所属的商业林地，以及管理全国林业的部门。针对各式各样的采访问题，翠珊总能圆满地扮演好桥梁的角色，在辗转的车程间，还要应付我们各类好奇的提问，从芬兰的社会福利、医保制度到衣食住行，乃至极私人的远嫁异地适应问题，她都不厌其烦地翔实回答，帮助我们更快速地了解这个国家。

其中一天，翠珊还带我们到她夫家的私有林地，那是一片布满白桦树的广阔森林，穿过这片桦树林便是美得像镜子般的湖泊，湖边有一栋自己盖的小木屋，室内空间只有十平方米左右，屋里烧着暖暖的火炉，完全像我梦境中常出现的美好画面，熟悉得像前世的记忆。我们或坐湖畔或坐廊下，享用着翠珊的婆婆准备的餐点、蛋糕、三明治、热蓝莓汤，以及炭烤热狗肠。远远地便看到翠珊的夫婿伴着小雷在桦树林间停停走走，他们父子俩有着一式的腼腆，不多话，但真攀谈起来，却诚挚极了，小雷爸爸以简单的普通话、我们以简单的英文互动，他说话专注沉稳，每一句话都准确务实，没一句虚浮。

那一天离开时，不知道为什么怅然到想落泪，是舍不得眼前如梦似幻的湖光山林，还是放不下这样简单朴实的生活方式？翠珊一家三代给予我们的温暖不夸张不虚矫，像熨烫过的衣衫，服服帖帖的，让人恋恋难舍。是怎样的教养才能培育出这样的人情暖意？

短短一周的参访，即便行前做足了功课，但芬兰行仍带给我太多太多的困惑，我不明白为什么他们所得如此高，物质欲望却低得可以？为什么在这个国度里，人与人的互信来得如此容易？为什么即便天然资源极度匮乏，他们的表现却如此出色？为什么芬兰连孩子都那么沉稳安静，即便观察一只虫蚁也像学者研究般专注？……

回台后，我一直念着翠珊年底或会回娘家过节，届时，除了叙旧，还可以请她为我解答关于芬兰的"十万个为什么"。不想等到的却是她的新作《教养可以这么自然》，书中的每一段文字都让我惊叹，频频发出"原来如此！"这样的喟叹。我也终于明白芬兰人性情的形成过程是如此的自然又如此的不简单。

以教育来说，芬兰十分在意个体的差别，孩子入学与其说是受教,不如说是探索、开发潜能的过程。从进幼儿园起,便密切观察每个孩子的心性与兴趣,也尊重孩子的学习脚步,他们不求快,也不苛求每个人的速度一致,芬兰老师最常挂在嘴边的话语便是:"不急,慢慢来。"害羞的孩子绝不勉强他们即刻融入团体,学习进程慢的没关系,大家可以放缓脚步停下来等他。幼儿园安排的固定课程有森林之旅、烘焙、室内游戏、绘画,以及结合肢体与音乐的律动课;日常作息如用餐,也鼓励孩子主动参与,即便才三四岁,也可以轮流当"厨房小帮手",负责布置餐桌、准备餐具,他们非常鼓励孩子亲手做,除了增进手脑协调,激发创意,也是师生亲子间彼此信任的表现。

在台湾幼儿园讲求的是一致性,连孩子上厕所、午睡都统一照表进行,且天天都有课业要学,也有功课要写。如果进小学前还未学会拼音,这所幼儿园就是失职的。若读的是双语学校(中、英文),那么他的课业负担就更重了,回家还有一堆功课要写,其实幼儿的腕骨发育尚未完全,并不适合做书写这样精细的动作,但专家再怎么提醒,似乎也难打破父母怕孩子输在起跑点的迷思。

华人教育着重的是效率(或该说是功利),仿佛越早给孩子什么,就越能领先同侪一步。在学校,老师最关注的也是每个孩子的学习成绩,尤其是主要学科绝对得跟上进度,若落后了,有少数老师会愿意主动辅导,资源够的学校会聘请大学生为孩子做课后辅导,而这所有的努力都是为了让孩子们在课业上的表现趋于一致,若最后这些孩子成绩仍拉不上来,那多半也就只能任他们自生自灭了。

在这之间,似乎不太有人会去关心这些真的读不来书的孩子,是不是还有其他的兴趣或特长,包括应该是最了解他们的父母,也多是苛责对待自己的孩子,最常听到的就是:"你又不比小毛笨,为什他考得就比你好？"或"为什么别人做得到，你却做不到？"，最后多以送补习班终结。但往往却是越补洞越大，就算成绩真的提升了，也只是因为平常考卷写多了，考试技巧纯熟了些而已，和学习是否长进一点关系也没有。

现在台湾大学多到只要你愿意读，没有进不了的问题，但一个大学毕业生却常常不知道自己的未来在哪里，若能及早在中学前就了解自己的所长，而选择一条适合的路，那不仅节省社会资源，也避免浪费个人学习力最佳的成长期。且依社会结构来看，我们真的需要的是学有专精各行各业的人才，而不是这么多无所适从的大学生呀！

芬兰人从小以阅读扩展孩子的视野，并增强他们的学习能力。还在妈妈的肚子里，政府便已准备好适合念给幼儿听的韵文本，此外还有很多为孩子规划的幼儿俱乐部，免费成为会员后，每个月都可提早收到适龄读物的书单，圈选后会寄送到家，这对无法分身逛书店的父母来说帮助很大；等孩子能随行出门了，那么图书馆会是育儿最好的去处，因为芬兰的图书馆里都有规划完善的儿童阅读区与游戏区，人口六十万出头的赫尔辛基市区，公立图书馆就有三十二家，其他主题性的图书馆也照顾了不同族群的需求，如爱乐者及听障儿童。全世界图书馆分布密度最高的国家即是芬兰。

音乐与美术设计也是芬兰教养中很重要的一环，他们借各式课程及表演活动让孩子从小就在充满人文艺术的氛围中长大，孩子学音乐不是为了通过各式鉴定考成为一个演奏者，而是让音乐丰富他们的生命；参与各种DIY创意设计活动，则可激发孩子的各种可能，当每个个体都能借由阅读及人文艺术深度探索自我时，要找到自己所爱所长，就不是一件遥不可及的事了。

芬兰的"慢"看似毫无效率可言,但他们教养出的孩子在全世界竞争力评比中,永远是佼佼者,因为阅读能让人一生学习成长,且一个人所选择的职业若是自己所擅长所喜欢的,如何会不倾其所能?若以为"人口少所得高"是芬兰能培育出高品质人才的原因那就错了,"两个不嫌多,三个才圆满"是芬兰鼓励生育的口号,他们的高所得扣除税额后,一个家庭的消费十分有限,他们愿意到二手店购物而不追求名牌,他们弹性上班是为了多陪伴孩子成长,课余时间为孩子安排的游泳课、音乐课及各式展演活动多是亲子共同参与,所有的公共空间也多是无障碍设施,适合父母推着幼儿车到处游走……而且最重要的是,芬兰的父母接受且尊重自己的孩子与别人的差异。

所以如此自然的教养方式,是一种选择与态度,不是能不能的问题,而是愿不愿意的问题,孩子要的并不是金钱堆砌出来的贵族学校及补习生涯,他们最需要的是父母的陪伴与尊重,其实真的就是这么的简单,但对汲汲营营于职场的现代父母来说,却是多么的不容易呀!也许其间的抉择,就看我们想给孩子一个怎么样的未来吧!

深夜食堂

之前从朋友那儿传来了几集日本漫画《深夜食堂》，我花了不到半个钟头就翻完了，老实说我完全不懂它红的理由，这系列的漫画不仅在日本大卖，在台湾一样非常流行。我之所以无法欣赏它，或许和我不是漫画人口有关，从小接触文字太早，以致后来看到同侪们在翻阅各式漫画时，都不明白那么简单的故事，只要数百字书写即可，为什么要大费周章绘制成图像，且是幼稚又粗糙的图像。后来发现两位姐姐和我英雄所见略同，便越发排斥漫画这东西，以致到现在偶尔翻阅漫画时，常会搞不清该从哪儿看到哪儿，连对话的顺序也弄不明白，十分困顿。

当《深夜食堂》以影像呈现时，效果却意外的好，就此能感受到人物与故事的温度。

《深夜食堂》说的是东京新宿歌舞伎町巷弄里的一家小餐饮店，每晚从十二点营业到清晨七点，店里由一位脸上带着疤痕的中年男子掌厨，看似凶神恶煞，却是个标准暖男。墙上贴的菜单只有猪肉定食及清酒、啤酒的价位表，但上门若点了家常料理，那不多话的酷酷老板也能提供客制化的服务，如烤鱼、茶泡饭、酒蒸蛤蜊、亲子盖饭、土豆炖肉这类家常和食料理，也有洋食三明治、炸火腿肠（切成八爪章鱼状）等，还有偏中式料理的煎饺、中华凉面等。

其中有几道菜虽简单，却颇具特色，如在热腾腾的白饭上搁一块奶油，再淋上少许酱油搅拌了吃，这约莫和中国的猪油拌饭有异曲同工之妙吧！而另一道称之为"猫饭"的，则同样是在白饭上做文章，上头铺就现刨的柴鱼片（晒干的鲣鱼），原是喂猫的简餐（其实白米饭并不适合猫的肠胃），后来发现，人吃也可以，只要酌量淋上酱油，一样美味可口，看起来真令人垂涎，让我忍不住想去买副刨木刀在家试试。

这《深夜食堂》确实会让人每看完一集，便跃跃欲试想动手做做那主题料理，这是它吸引人的一个点，接着它会由点连成线地勾串出一个又一个故事，而故事的主人翁便是不时会来这食堂报到的客人。歌舞伎町是黑道及特种行业集散地，龙蛇混杂什么人物都有，因此出入此食堂的客源背景便精彩可期了。

记得第一次去日本，是和母亲跟着旅行团从东京往北走，十二天的行程走过近郊日光、东北的松岛海岸、及赏枫热点十和田湖，再越过轻津海峡来到北国之境北海道，连古早流放犯人最北端的网走也去了。最后回到东京时，我们母女俩便脱队多留几天，和晚两天来的二姐夫妻会合。和母亲独行的那两天，却被困死在交通枢纽的新宿，那地下街纵横交错和迷宫一般，每每受不了便像土拨鼠钻出地面，却都是南口的歌舞伎町，为此，母亲还以为我爱死了这黑社会大本营。

我们家族赴日旅游时，多投宿在离新宿一站之隔的新大久保，有时在旅馆周边晃晃，一不小心便步入这区域，白昼倒还正常，夜幕低垂时，便弥漫着一股不寻常的气息，连在此出没的人流，也多和平日街头上、电车里西装笔挺、丝袜套装加身的男男女女大相径庭，仿佛来到了另一个世界。酒廊、柏金哥（打小钢珠的店）、成人电影院林立,连间杂其中的几家快餐餐厅,也烟雾缭绕到快令人窒息的地步。这里情欲物欲横流,是个令人生畏的地方。

但是在《深夜食堂》里,这些和自己平日生活不太可能有交集的人们,不再是那么陌生、标签式的人物了,每个人的背后都有一个故事,黑道大哥、演艺人员、坐台小姐、脱衣舞娘、A片男主角、喜扮女装的男同志及一些市井小民,他们夜夜带着自己的挫折悲伤,也带着欢喜骄傲来到这食堂。比如钟情"猫饭"的是一心想成为歌手的年轻女子,在还未发迹前,连吃顿正餐的钱都没有,只好靠这便宜的餐点果腹,后来如愿大红大紫了,仍不时微服偷偷跑回来享用这原是给猫咪吃的简餐;而看似冷面的黑道大哥每来必点的则是初恋情人曾为他精心炸制的八爪火腿肠,这小点心是用五厘米长的热狗,一头用刀划成八等分,经油炸后,那八牙热狗爆成花状,就完全是小章鱼的模样,蘸着番茄酱吃,本是逗小孩开心的点心,却成了黑道大哥念兹在兹的怀旧料理。

还有常一同出现的茶泡饭姐妹,这是店里其他客人对她们的昵称,她们的关系是同事、朋友,常一起来这家小铺吃夜宵,她们三人必点的就是茶泡饭,且在口味上各有坚持,分别是梅子、鲑鱼、明太子(鳕鱼子)。这茶泡饭餐点是在白饭上撒些海苔碎末、芝麻等提味儿的调料,再佐上梅子等主角,最后以热茶冲泡,便成了一碗可充饥解酒的简易料理。其实如此的饮食方式并不健康,尤其对胃不好,也难怪日本人整治胃肠的药品特别发达。

而围绕在这三名女子身上的话题,大多都和三四十岁的女子在面临感情婚姻欲拒还迎的态度上有关,日本人喜欢以"败犬女""剩女"等贬义的词语冠在她们头上,对独立自由的现代女性来说,我从不觉得婚姻是人生唯一选择,尤其在大男子主义横行的日本更是如此。但从这三名女子既愤懑又无奈的谈话以及周遭人们异样的眼神中能看出,这婚姻枷锁对绝大多数的女子而言,仍是不可承受的重担,在日本如此,在中国似乎也无可幸逃。

至于那永远无法将秋刀鱼吃得利落又干净的脱衣舞娘,则是颠覆了人们对这行当的绮想,当她以寻常装扮出现在这小馆子里时,完全就是个平凡不过的年轻女子,一样渴望爱情,一样有着梦想,唯个性有些大大咧咧。她从不觉得自己从事的工作有什么羞于见人,那些出入此食堂的客人,很多都看过她的表演,但当他们同座共食时,似乎也没一点尴尬,彼此坦然得就好像邻友、家人,这是日本特种行业发展到一个程度的自然现象?还是把"食色,性也"的人之大欲视若平常?总之她是无须以任何道德来评价的,她只是个带给许多男性同胞欢愉的年轻女子。

而最衰的该属那爱吃中华凉面到无可救药地步被通缉的男子,连寒冬天亦不缺席,以致目标过显,而被也正巧来此用餐的警佐循线逮个正着。那凉面看似普通,过水冰镇后的面上搁了小黄瓜、胡萝卜丝,蛋皮也切成丝,美美地铺在其上,撒些花生粉,淋上酱油、芝麻酱即成。但这男子在结束近二十年的逃亡生涯前,还请刑警宽待他再去一趟"深夜食堂"吃碗凉面方入狱服刑,因为老板做的中华凉面着实好吃。

我想这仅能容纳不到十人的小馆子,所给予这些来自八方的客源不只是口腹的满足,还有浓郁的人情味,这做得出妈妈味道的主厨老板,扮演着类似酒吧柜台里调酒师的角色,但他所端出来的各式看似寻常又带点复古风的料理,显然比杯中物更能熨妥人的脾胃心灵。

庶民美食加小人物的故事,这两个永不退流行的元素,是整部《深夜食堂》的主轴,背景是入夜后繁华的东京新宿,街道外夜生活再怎么如火如荼地进行着，但只要一拐进这小巷弄里，所有氛围都沉静了下来，料理好坏还在其次，重点是那浓浓的像家一样的味道。也许每个城市都该留个类似的角落，让在都会忙碌打拼、寂寞哀伤的人，能有稍稍驻足休憩的片刻，也因此在看完这一则一则美食加故事的剧集后，会让人深深期盼，在我们所居住的城市里，何时也能出现一个如此饶富温情的小食堂。

旅行的意义

今年台湾九天春节连假，又让桃园国际机场出入境大厅人满为患，且出境人数破了历年纪录，显见的，台湾人对旅行这件事，并未因为经济波动而受影响，只要匀得出时间，大家还是很乐于出门旅游的。

早期台湾多是随旅行团出游，那时所规划的旅游地有限，行程也排得满满的，到哪儿都只能走马看花。我第一次也是唯一一次跟团出游，便遇上如此状况。因是从东京经东北地区越过津轻海峡，环游整个北海道境，即便行程长达十天，却赶路赶到大家都吃不消，最后经全团成员一致决意，临时取消了几个点，大伙才稍得喘息。但即便如此，行程中也常是坐了两三小时车，结果到达目的地却只能停留半个小时，扣除上厕所，剩余的时间几乎也只够买个纪念品。至于那景点是什么模样，似乎不太有人在意，也无法在意，只记得每到一处，我都会告诉自己以后一定要再来，再做一次深度的探访。

此外跟团绝不会少的行程就是购物。当时台湾进口货不多，即便有，价钱也不菲，所以购物成了旅游很重要的目的，走到哪儿买到哪儿，买给自己买给亲友，仿佛买得越多赚得越多。而且台湾人最爱买的就是药品：到中国香港买的是保心安油、保济丸及各种跌打损伤的擦剂；到日本买的是各式肠胃药；若去加拿大买的则是各种维生素。所以来自台湾的观光客素有"上车睡觉，下车尿尿，排队买药"的雅称。

后来观光普及化了，跟团的旅游方式再不能满足所有人的需求，遂才有自由行或各种具有主题性的旅行团出现。我自从那一次逃难似的跟团经验后，就再也不敢随旅行社出游，都是自己买机票、订旅馆，行程也自己规划。确实能享受到充分的自由，但这也都是十几二十年前的事了。

去年入冬后，对爱冷的我来说，应是渐入佳境的，但不知为什么心绪一直在低空盘旋，全然找不到能让自己欢喜的事，每天固定上课、改作文、写稿，没落掉一件正事，但人却空乏极了，日子过得是如此无滋无味，好似没个尽头。

那天送朋友回北京，车一驶近机场，心底某个角落便蠢蠢欲动了起来，想出门呀！去哪儿都好。看着飞机一架架冲上天，心也跟着远扬至天际了。我是个身无长物的人，却总想抛下身边所有事物远走高飞，即便畏惧飞行，仍想天涯海角到个无人知晓的地方。

从狗儿猫女越来越多起，旅行于我便成了一个遥不可及的梦。之前的十多年间，即便远赴台东、高雄演讲，也是一日来回，没有在外过夜的事，直至两年前这些毛孩子有可信赖的人托付，才陆续跑了北京、福州、赫尔辛基、成都，但都是有工作在身的，且行程短得可怜（福州、成都行甚至是两天来回），实在称不上是旅行。我真的艳羡那些能搁下现有生活、放逐似的过上一段四处游走生涯的人们，且也许因为情伤，因为工作转换，无人陪伴一人漫游更好，走到哪儿是哪儿，爱待多久就待多久。

像去年才认识却一见如故的北京女孩卞莉，在前年年底辞去空姐的工作，便展开为期一年的漫游。即便之前十年的工作期间，已跑遍了世界各地，但蜻蜓点水的旅游方式实难满足她的游兴，于是这一年间便又重点式地跑了几处，又去云贵、西藏、新疆绕了一圈，这期间还来了三趟台湾。每处停驻时间动辄月余，时不时可接到她自各地寄来的明信片，有时套着信封寄来金黄的银杏叶、寺庙祈福过的御守，连新疆的大红枣都寄来了，看到邮戳，才知道她已云游到何方。即便搭乘的是廉航，住的是青年旅馆或朋友家，吃得也随意，但在我眼底，如此无时限的游荡，便是最奢侈的旅行了。

目前我心所向往的旅行，便是没有特定目标，也没特定目的，随意地自在游走，没一定要看什么、吃什么、玩什么，更不会想买什么。年轻时旅游，事前功课做足，哪处景点非得拜访，哪味在地名产必得尝鲜，哪个伴手礼一定得带回，弄到去哪儿都像在打卡，少去了一处、漏吃了什么都懊恼不已。最夸张的是，曾经有一次去香港，把整套景德镇米粒瓷的餐具全搬了回来，连砂锅都大大小小扛了一组回来。

在日本一样是陷入陶瓷堆里就抽不了身，至于那手作DIY天堂"东急手"，一样让我无法自拔，从皮格、纸料、炊具到各式女红用品，无一不让我心生大展身手的鸿志，总想将所有手作的工具都给搬回家。至于当地的食材生鲜，也是想尽办法要带回来。如此这般地只叹父母少生了张嘴、少生了双手脚，恨不能将所有美食吃尽、将所有东西都搬回来的旅行其实是很累人的，不像是休闲，反像是打仗，而且往往到最后整个旅程最令人回味的，反而是那些计划外随性游走的所在，以及无意间吃到的本地庶民小吃。

人也许到了某个年纪，物质欲望自然会降低许多，且经年累月地搜刮，该有的都有了，不该有的也堆了满屋子，这时购物欲若还旺盛依旧，那简直就要泛滥成灾了。像现在去日本这个资本主义发挥到极致的国度，看到再精致的艺术品、再琳琅的美食，也多能做到仅止于欣赏，不再任无底洞的欲望牵着鼻子走，这也才真正得到漫游的自由了。

在芬兰结束探访工作最后一天的自由行，因当地物价高到望尘莫及，一瓶罐装饮料两块欧元很正常，吃一餐快餐十块欧元也很正常，因此索性把物欲降到零。吃足旅馆附赠的早餐，携了两颗水煮蛋、一瓶装了自来水的保特瓶，便展开一日游，或在公园坐坐，看看往来的各色人等，或到港边晃晃，了解一下当地人摆摊都卖些什么，就这样靠着双脚几乎把整个赫尔辛基都走遍了。因为没有购物用餐的干扰，整颗心都净空了，澄澈透明得可容纳所有感官给予的新奇，冷冽的空气、海洋的气息、洁净的石板路、极富设计感的橱窗、各具特色的门扉铁栏杆，以及擦身而过像洋娃娃般金发碧眼的女子，全都深藏在脑海里，而后只要合上眼，它们全都回到眼前来。

最后离开芬兰时，在机场免税店，我看到一只马克杯，雪白的瓷杯上，只有一只灰蓝的麋鹿，那像置身在纷飞大雪中孤孑的身影，看得心都碎了，我在它前面走过来走过去舍不得离开。二十五欧元狠下心仍是可以买的，但终究没买，我告诉自己，珍爱不一定要拥有，于是我把它深深铭刻在心底，至今不肯或忘。有时人生中留点残念也是好的。

我没有摄影的习惯，甚至旅行当下也不以文字记录，旅程中的点点滴滴唯靠所有感官记存下来。人很奇特，若有照相器材可倚赖，多半对眼前的事物就少了份感动。记得在《白日梦想家》的电影中，西恩·潘所饰的职业摄影师,在喜马拉雅山麓为捕捉雪豹的身影,足足守候了数日之久,但当雪豹真出现时,他却放开按快门的手,只以双眼烙印下那此生可能不复再现的片刻。

因此,我也宁可两手空空地行止于旅途中,就只是走走看看、听听闻闻,该记得的就放在心底,其他吃不了、带不走的,也别觉得遗憾。人生走到终了时,又有什么带得走?

这次动了旅行的念头,便义无反顾地空出一个星期的时间,匆匆订了航班与旅馆,狠下心与原有的生活、工作做彻底的区隔,让自己真的放空一段时间。距出发日还一个多月,却因即将远行日子有了盼头,这份愉悦因此拉长了,长到一个月、两个月,甚至延伸到往后无限岁月,这就是旅行的迷人之处呀!

与雪共舞

对生长在南国的我，最渴盼的事莫过于亲睹雪花漫天飞舞的景致了，但人生过大半，却始终未能如愿。积雪是见过许多，踏雪、堆雪人的经验也有，但就是没亲眼见过从天而降的雪花，那被人们描述如鹅毛般飘落的雪羽，一直是我梦寐的幻境。因此在去年冬天，去了一趟京都，为的就是赏飘雪。

从到京都第一天起，便殷殷盼着落雪，在这之前的一年之首元旦，这城市方落下了十七年来最大的雪，隔了一个礼拜，街边巷弄里还残存着一些积雪，供人想望这城市呈一片雪白的银色世界会是何等模样。但也就如此了，尽管天候再怎么酷寒，气象报告一再如放羊的孩子般预言会下雪、会下雪，但翘首望着天，它却阴郁地不发一语。

这期间还特意上山至大原碰碰运气，这洛北之境虽满山满谷覆满了雪，不时还有从屋檐、树梢滑落险些砸到人的雪堆，却仍不见一丝一毫从天而降的飘雪。走向三千院的参道，是狭窄且顺着溪流的蜿蜒小径，因不是假日，且天候奇寒，路旁的各色店家都歇业了，这静谧的氛围应该比较贴近当初来此闭关修行的皇族的心境吧！

坐在三千院里一百多平方米大的客殿榻榻米上，尽管有暖炉烘烤，室内温度仍寒气迫人，室外廊檐更是冻寒到无法久坐，聚碧园的

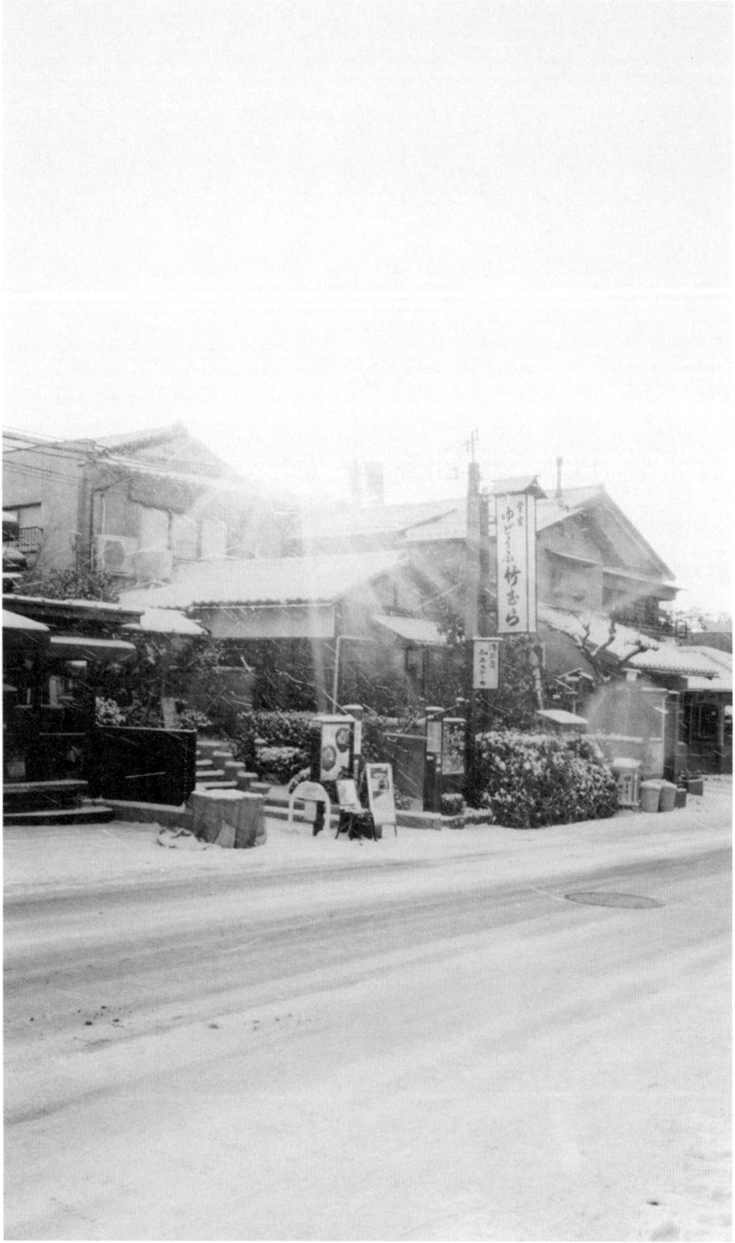
ゆどうふ竹むら

庭院覆满白雪，标准日式庭院造景，和风景图画上的冬景一模一样。我不禁想象着一千多年来，有多少皇亲贵族也曾坐落在这寒室里，远离繁华京城权力倾轧的他们，真的能放下一切吗？还是仅视此为避暑度假行馆？据说这儿夏初时庭园紫阳花盛放，想静心修行约莫也难。

出得三千院弃来时路改沿律川而下，一路得躲避从屋檐树梢消融的雪堆，若被当头砸中，定有醍醐灌顶之效。接着往公路另一岸寂光院走去，沿途尽似桃花源境的错落人家，菜园里一样覆着厚厚积雪，从雪堆挣扎冒出头的仅有寥落几株萝卜和大葱，不远处的杉树林则无畏风寒笔直地插入天际。古早时期，京都城里家常使用的薪火，就多倚赖这儿供应，而大原女就是从这条路径出发，头顶着柴火往城里贩售谋生的，巴士三十分钟的车程，脚程再快也得耗去大半个白天吧！光是靠卖薪火怎会划算，该顺带把自家腌渍的大根（萝卜）及各式酱菜一并带下山才值得。换是金牛座的我，就一定会把自己满身挂得像棵圣诞树似的，才不枉来回走这一遭。

回到市区后的那几日，每当天冻到发紫，忍不住便要往北望，比叡山白茫茫的山头怎不分点雪过来？此刻的大原会正落着雪吗？望眼欲穿的滋味真令人怅惘。回台湾前一天，安排的是洛西岚山，既往西走见雪的希望便更加渺茫了，不想才出旅馆，眼前便出现斑斑点点的飘落物，素为飞蚊症所苦的我，正想我那群蚊子怎得了白化症，仔细再瞧——天哪！是雪！乐得我几乎要雀跃起来，站在街头就这样守着生平第一场落雪，唯恐一个闪神，它们便会像小精灵似的逃得无影无踪。时紧时疏、漫天飞舞的雪羽，飘过对街的高楼，飘落在我的手心，旋即真的就消逝了。但足够了，我已心满意足了。

在岚山亦是时雨时雪的，风大温度很低，但我仍选了个小铺子买了抹茶冰激凌,坐在店前红布椅上,等着白雾茫茫从远山渐渐推进,我知道那是雪之将至,便好整以暇等着它翩翩而来。在零度下,舔着冰激凌,也偷偷舔着飘然落下的雪花,那滋味足以让我后半生想到都会展颜呀!

不想,同样是正月时节,今年却在自家院中看到了飞雪。数天前寒潮来袭,本以为海拔一千米以下要落雪是几无可能的,未料不仅百米高的多处山区都白皑皑一片,连多处平地也飘起了雪霰及雪花。

住在雪乡的人,很难想象生长在南国的我们对雪的憧憬,每年隆冬只要标高三千四百米以上的合欢山群飘雪,必定吸引大批赏雪人潮,即便塞一整天的车,即便轮胎要挂上铁链,即便冒着上山后雪已融化的风险,仍阻止不了人们的热情,毕竟这不是年年都能遇着的稀罕景,温度低是不够的,要水汽丰沛才落得下雪。所以只要高山报出雪讯,那一定会涌现大批人潮、车潮,周边的民宿餐厅客满,便利商店货架一扫而空,下山的各型车上也一定堆个雪人,为这躬逢其盛的壮举做个见证。

教学三十年,我每年寒冬都会出一道习作"下雪天",让孩子发挥想象力,若有一天晨起,发现自己处在一个银色世界,当下会是什么反应,接着打雪仗、堆雪人、凿冰雕……我努力依着自己有限的经验,鼓动孩子天马行空地幻想与雪共舞的情景,而且这雪就落在生活周遭,不是遥不可及的高远山区。

这次霸王寒流来袭也不例外,周六上课时真可谓天寒地冻,给孩子们写的就是这道题目,其中一位学生查了下手机,惊呼气象预报周日当地温度下探零下一度,"那不就真要下雪了!"大家当笑话般开心地传诵着，来接孩子的父母闻言直呼不可能，甚至觉得我们这番笑语有妖言惑众之嫌，因为台湾平地下雪，简直是天方夜谭，若真下雪，那就犹如电影《后天》般有着不祥的警兆意味。

不想入夜后温度真的是越降越低，且不断落着冰寒的雨珠，我守夜至三点，既盼望雨化为雪，又担心家里的毛孩子是否挨得过这逼近零度的湿寒夜晚，即便已为他们准备了电毯、暖炉、电灯泡，但那些流落在外的街狗、街猫呢？那夜，我是在极其矛盾的心情下入睡的。

翌日晨起，擎着咖啡杯向外瞭望，才惊觉屋子四周原本郁绿的山全覆上了皑皑白雪，即便窗外仍飘着细雨，我已忍不住跑到院里张望，没多会儿，雨滴幻化成雪羽，从阴郁的天空一阵阵飘落而下，我傻傻地仰望着那些雪白的小精灵，有种美梦成真的不敢置信，盼了一生呀！盼能在自家院落里就看得到雪，它真的发生了。

在某段前世的记忆中，我必曾居住过雪国之乡，守着一栋小小的木屋，即便天寒地冻，但屋子里是暖融融的，有柴火的馨香，有亲人的温暖，炉灶上始终热着浓郁的汤汁，那段轮回定是乐多于苦的，以致隔了几世仍萦回在我脑海中。十七岁时，连雪都没看过的我，就曾莫名所以地写下《雪样》这首诗：

落雪的日子

你惯常会来

一步深一步的雪印

烙得我心碎

这儿

总有一盏灯

一壶新烫的酒

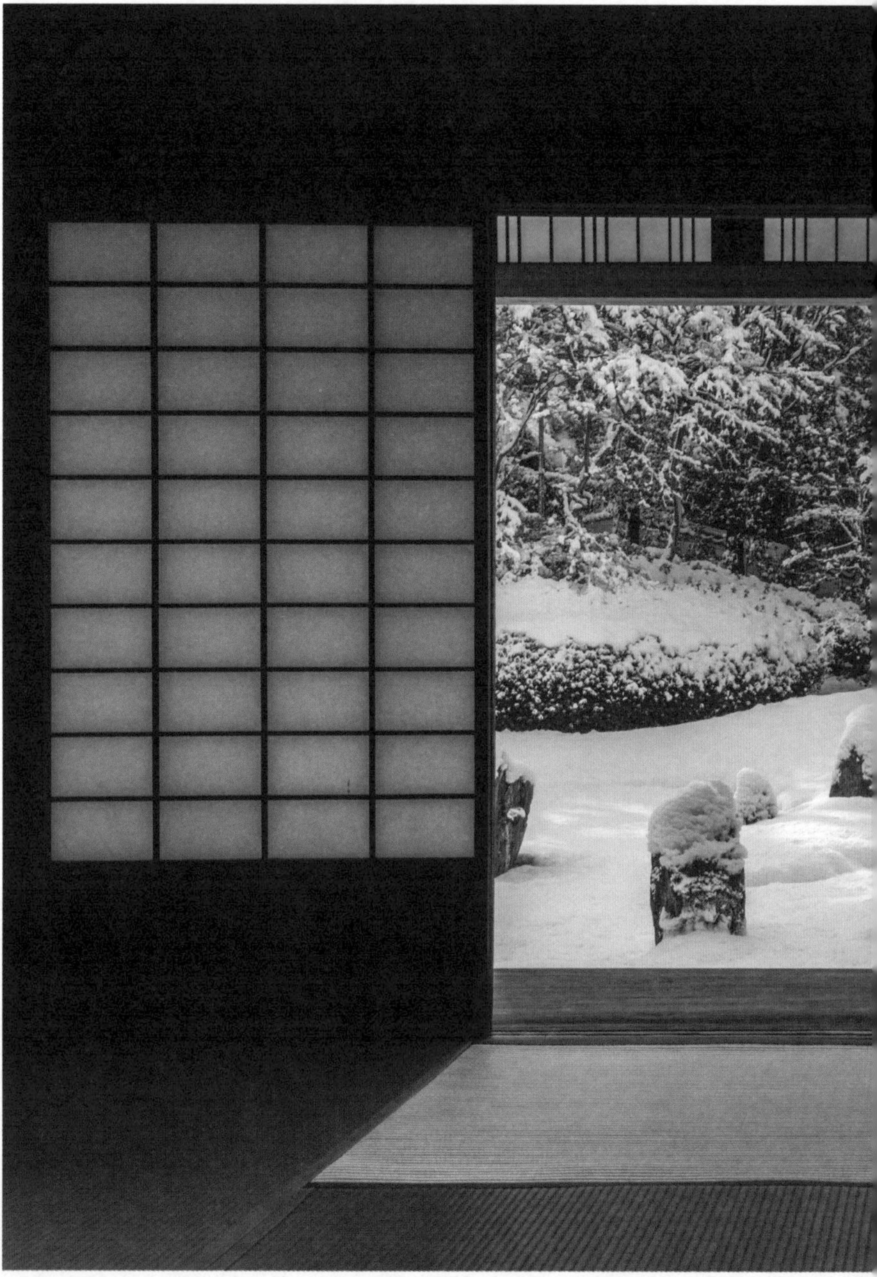

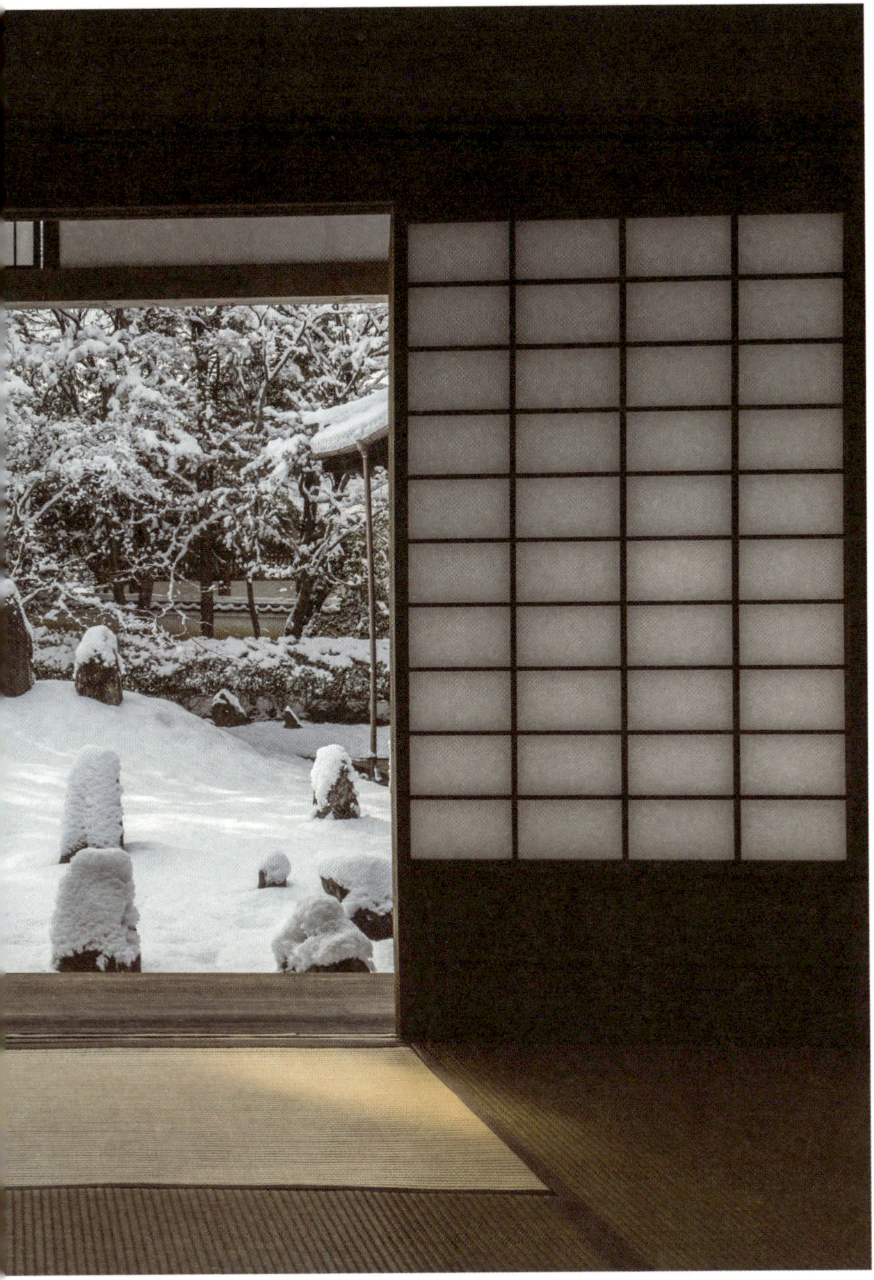

一床常暖的被

等你道声 冷

挽髻的发

只有在你捻燃烟草时泄成一脉柔旎

尤喜你圈成的臂弯是我仰靠的凭依

熟惯于你粗呢夹袄的扎人

依如那首老歌

燥暖而馨香

我不诚望你会依恋

这长冻的小港

然 是晴是雪

我总在窗前点上一盏灯

候着雪印

一步深似一步

哪怕是心碎

这场雪来得奇异，隔天艳阳高照，所有的雪精灵都幻化不见了，宛若一场梦，但这场南国的雪，如同前世的记忆般，已深深铭刻在我灵魂深处了。所以就容我任性一次吧！不做政治联想，不谈气候剧烈变迁的环保议题，只是单纯享受这场雪所给予我的宁静与美好。

重游京都

京都是个适合漫游的城市，这是我第四次到访，距上一次已有十五年之遥，她的舒缓闲适依如期盼的，安顿了我困顿疲乏的身心。

前三次来还年轻，春樱夏绿的京都是如此缤纷，喧腾得令人目不暇接。所有商品，尤其是富有民俗古风的摆饰，更是叫人爱不释手。和纸、京扇、丝巾、小钱包，精致得像艺术品诱人珍藏，那朴拙的陶、雅致的瓷更是让我裹上衣物塞满了行李箱。连腌渍的酱菜、美得像粉彩的金平糖，也兜了满怀回来。年轻的心是无法餍足的，那时的京都满足了我如猫族般瞵瞵的双眼，恨不能生吞活剥把眼前所有猎物全给带回窝来。

年长后，购物已不在旅行的清单中，连吃也随意。这次唯一锁定的是"都路里"的冰品，那夏季限定的刨冰好大一盘，有金时红豆、团子、蒟蒻，淋上抹茶汁，像圣诞树一般热闹。顶尖的"伯利恒之星"则是螺旋状的抹茶冰激凌，那甜润的滋味让每一勺每一口都是顶尖的享受。但既然是夏季限定，隆冬走访自然是无法再续前缘，狠了心点了最贵的百汇圣代。唉！是期望愈高失落愈大吗？总之，是完全的幻灭，我努力将这次记忆抹除，也努力地把那年初夏如天堂般的飨宴，永远在唇齿间留香。

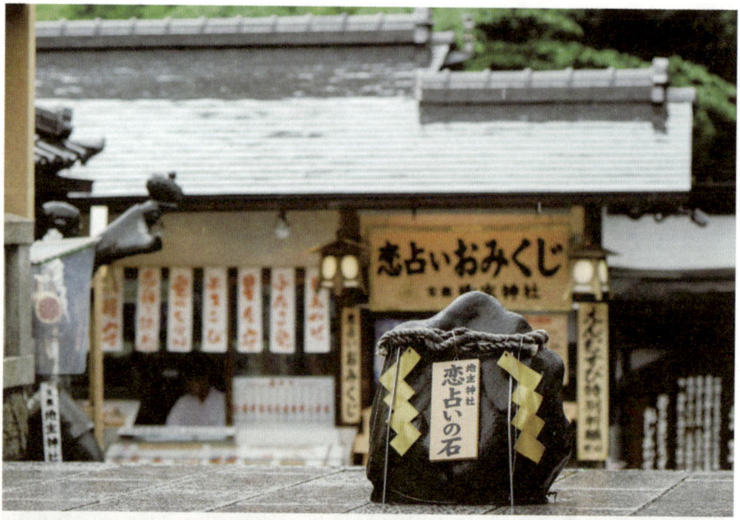
恋占いおみくじ
地主神社
恋占いの石

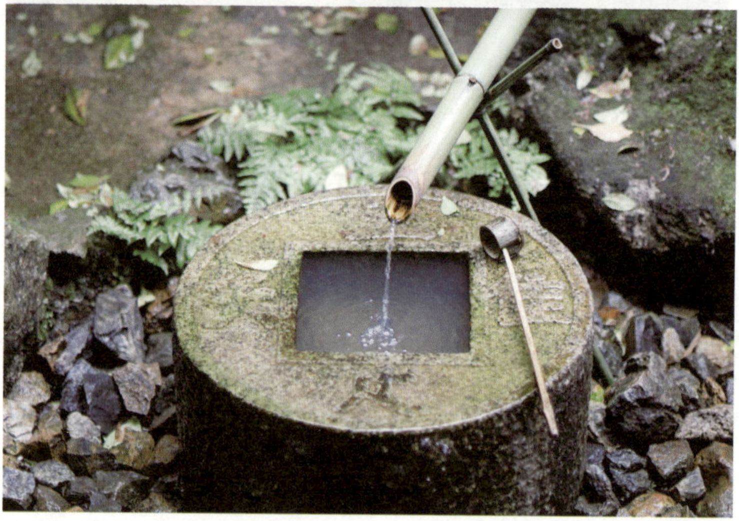

反而是不抱任何期望的"弥生轩"令人惊艳。行前便已打探了位在投宿旅馆楼下的这家二十四小时营业的连锁餐馆，便宜又大碗。第一天放下行李后，便来此报到。它的套餐约莫都在三十至五十元人民币之间（在日本是非常庶民的消费），早餐更便宜。最重要的是所附的越光米饭及酱菜是无限供应，那越光米光润弹牙，是我此生吃过最好吃的白米饭，光是配着桌上随取的紫苏脆酸菜，便可吃下两大碗（他们的碗真大，一碗抵我们家用饭碗两倍大）。套餐必有的味噌汤也浓郁好滋味，主食或烤鱼或炸鸡炸猪排，也都很美味。自此每天晨起便来此报到，吃饱喝足便可展开一日行，中午携个面包带两个苹果便可撑到晚上，省得在观光景点被敲竹杠。

听说这"弥生轩"的老板孩提时，穷到饭都吃不着，因此发下宏愿，将来有能力了，要让所有人都吃得起白米饭，且吃得饱饱。我便在一日清晨来此用餐时，看到一位三十来岁的男子，点了最便宜的纳豆定食（二十元人民币），配着豆腐、海苔、纳豆、味噌汤连吃了三碗饭，去蹲了久久的厕所，回来又用生鸡蛋拌酱油再吞下一碗饭。至于后来是否用无限供应的酱菜继续努力加餐饭，无法看完全程的我就不得而知了。以我这大胃王衡量，他约莫是把一天的饭量都吃足了，这越发让我觉得"弥生轩"布施放粮的意图甚过营利。

日币近来大幅贬值，让周边国家蜂拥而至，我出门前结汇，竟还遇到日币短缺的状况。在京都时不时也会遇到来自其他国家的旅行团，在观光客必游的清水寺二年坂三年坂商店街绕一圈。各国语言盈盈于耳，再加上金发碧眼的欧美游客，俨然来到了联合国。最令人发噱的是各路人马都热衷于变身成歌伎、舞伎，有的不耐木屐行走，上着变装和服，脚底却蹬了个短筒靴，那感觉约莫就像旗袍配雨鞋吧!

　　在京都最感觉到华语游客众多,是到大一点的商家正打算以英语沟通时,马上就会跳出一名服务生,以标准北京话亲切地告诉你:"说中国话可以的。"语言能力不怎么样的日本人,为了做生意很知道该请个留学生到店里打工,这也可窥知华语人口的购买力有多强。据我观察,其中又以彼岸同胞居翘首,光是在最后离境机场免税店,购买电锅、电热水瓶的区域便挤满了人,也有华语解说员在一旁服务。结账柜台更是大排长龙,篮里放的糖果纪念品也是论打计算的。这样的消费热情,即便回到年轻时代,也是我望尘莫及的。

　　也难怪二姐曾在日本最流行的药妆店里,看到一男子对着他买红了眼的妻子哀求道:"走吧!别买了,就算我求你,别再买了呗!你瞧我什么时候求过你?就听我这回吧!求求你别再买了呗!……"据说这像录音机般的哀求,完全无碍这做妻子的继续血拼,唉!来到这把资本社会商业活动发挥到极致的国家,要想收手也难呀!

　　我真的蛮庆幸自己已经过了疯狂购物的年纪,目前旅行于我就只是放空、无目的地漫游。只要避开人潮涌动如清水寺的景点(如不是为了去找生铁风铃也不会挤到像联合国似的人堆里),去哪儿都好。寒冬中的京都是有很多地方可游走的,冷寂的鸭川河畔、覆雪的大原三千院、萧瑟的宇治上神社。连那春樱盛放摩肩接踵的哲学之道,冷冬的周休时刻亦是杳无人烟,这不才是最适合沉思冥想之境?

　　在京都的八天中,每天约莫都走了五六公里。没有既定的行程要赶,所以走得很慢。走累了便找个角落坐着看人看猫看乌鸦,渴了饿了便啃啃随身携带的富士苹果,若还饿,便想想"弥生轩"热腾腾会发亮的越光米,是要点烤鲭鱼配白饭(套餐二十八元人民币),还是来客唐扬鸡(炸鸡块)补充热量?目前这样的旅行于我是最惬意的。

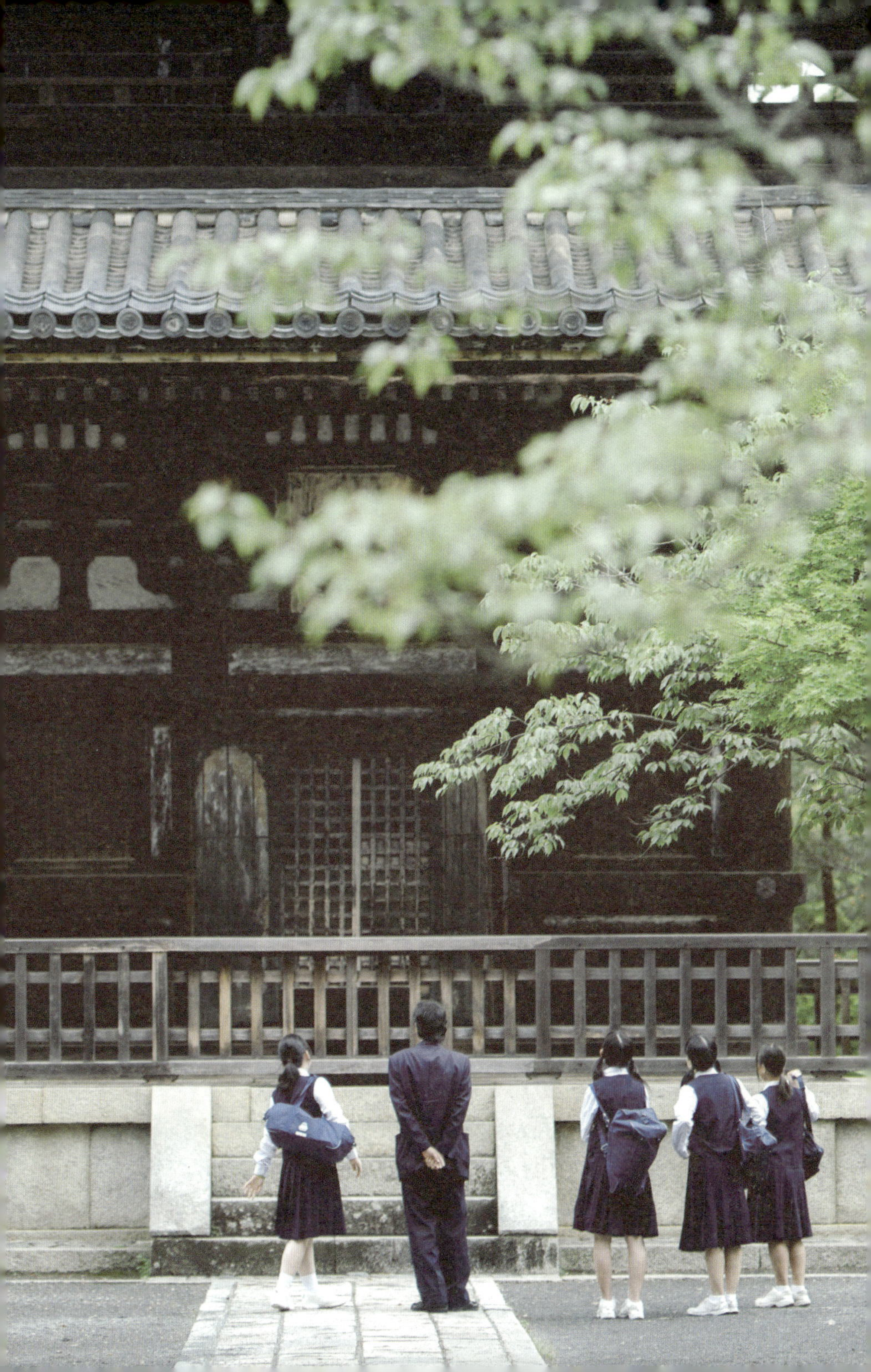

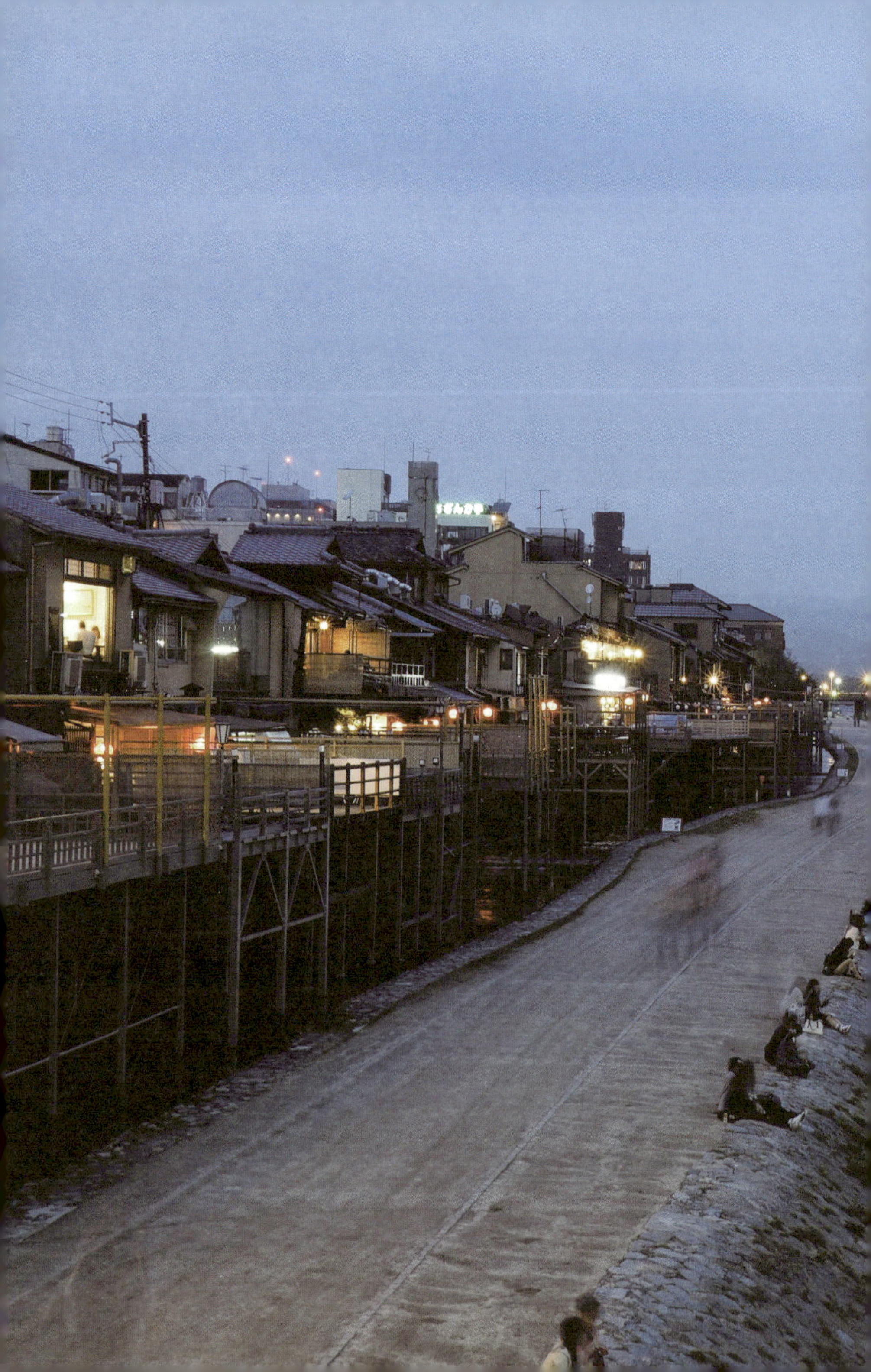

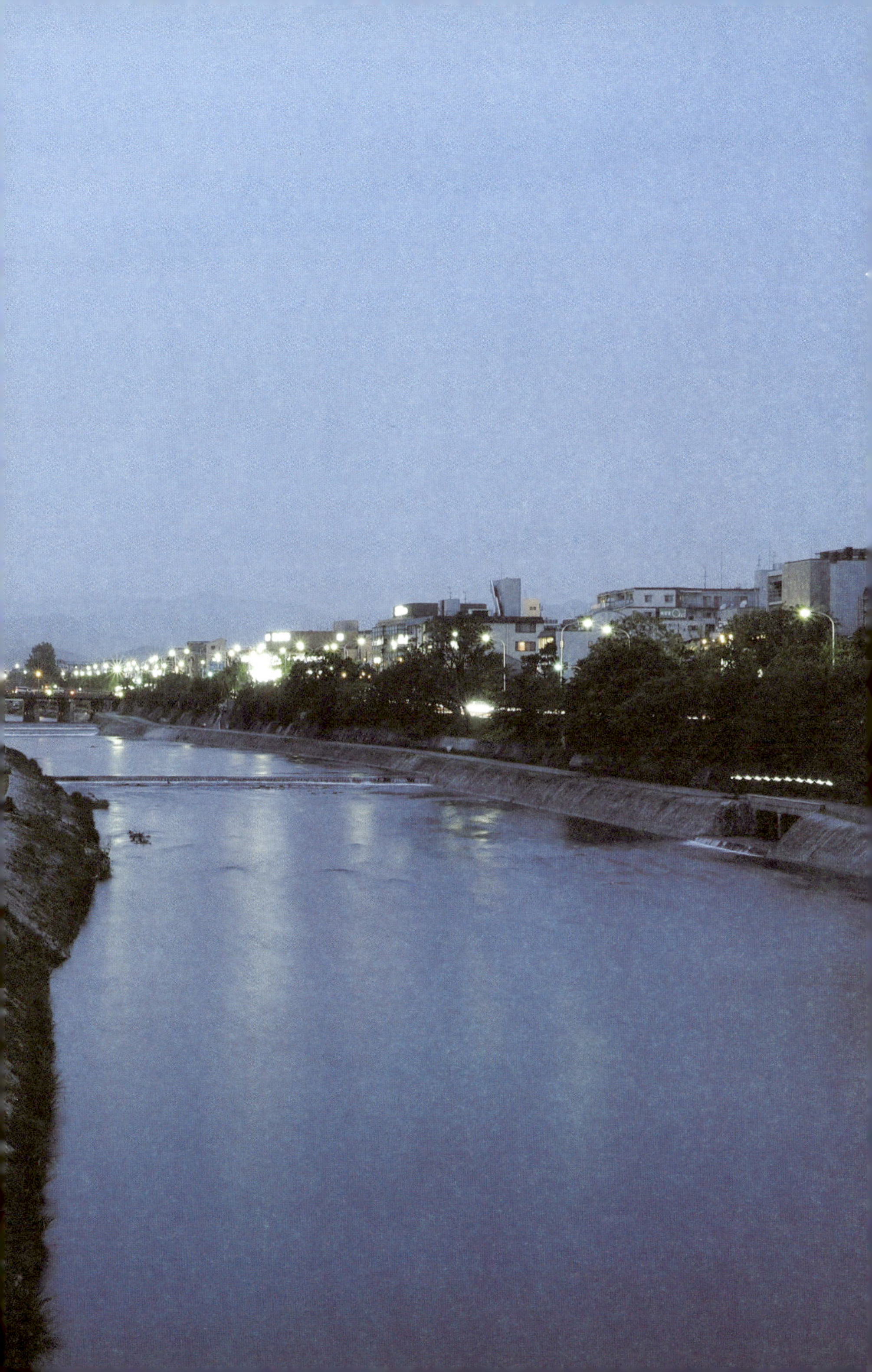

花海下的聚首

何其不幸,抵达东京时,竟为绵绵的春雨所困,周身湿寒,体温急速下降,连心情也随着落到谷底了,有离别近畿的怅惘,有赏不到樱的恐慌,总之湿漉漉的东京令人心绪开朗不起来。

旅馆老板娘见我们外来是客,特别安排我们住在临院的房间,分配到二楼的我一打开窗帘,倏地一片粉嫩就在眼前,激动地拉开玻璃窗,那连枝带雨的花絮便争先恐后地抢进屋来,原来现代都市的樱是这样恣意的,也是如此唾手可得的。尽管窗外雨还浓、寒气也逼人,但原本郁结的心情,早教这粉嫩给化得无影无踪了。外甥打探我这间房别有洞天,随时不请自来地攀在床头品起花来,当然,还是用他那张嘴在品鉴。后来烹茶煮蛋时索性也摘它两朵助兴,而后的日子里,甥、姨两人便时常这样很粗鲁但也很快乐地共享着樱花茶、樱花蛋。

雨连下了三天,大伙多做室内活动,时聚时散地各取所好,诸多百货商场最受我青睐的还是涩谷和池袋都有的"东急手",那真是DIY的天堂,由糕点材料到各式女红,从皮件组合至木工五金,凡是你想得到、想不到的材料、半成品,在这儿都可找得着。一踏进此店,就让人心怀壮志,恨不能即刻大展身手。

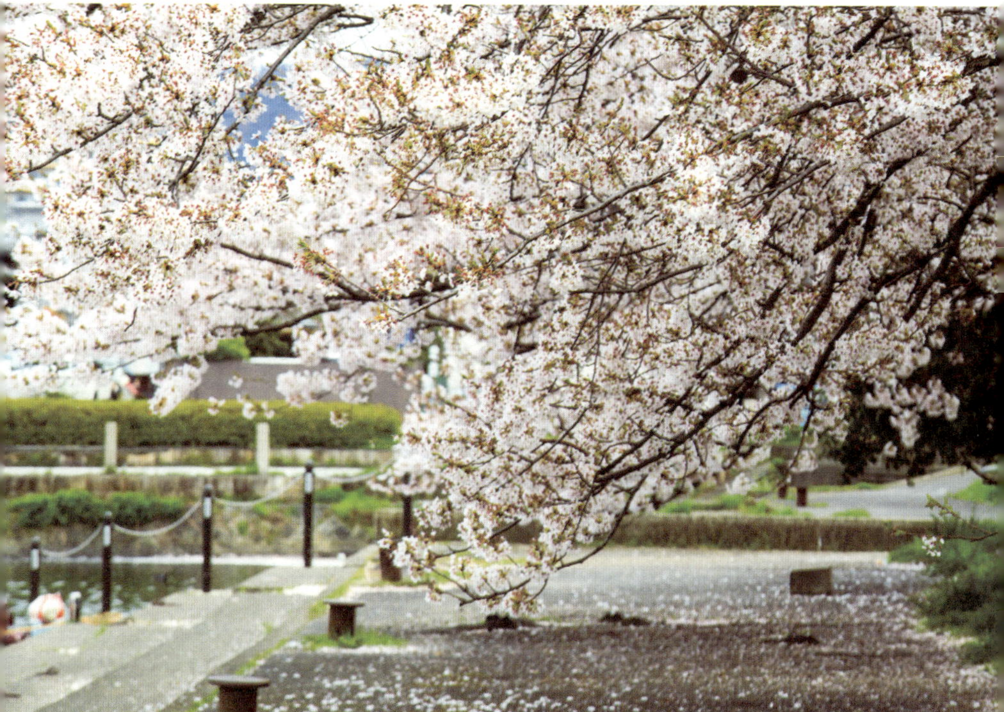

冒着雨我们仍是走了一趟上野公园,这原是"樱花见"的重要据点,但湿冷中却只有小猫两三只,蹓了一圈受不了寒气逼人,只好往人多处钻。上野驿对面巷子里的ameyoko,有些像京都锦小路通的锦市场,只是规模大多了,这里容纳了两百多家店,有生鲜、南北货,鞋子、衣服、日用品也买得到,价位比百货公司、超市要便宜许多,非常适合像我这样是家庭主妇的观光客光顾,不过在此做生意的间杂了许多韩国人,他们的吆喝方式及促销伎俩,令人好似回到了台湾夜市。

其中一天没安排团体行程,各自鸟兽散,我来到涉谷街头,夹杂在周六的人潮里,行行走走漫无目的,偶然间让店外一双鞋给吸引了过去,看得正专注,感觉身边有人和我注视着同一个目标,瞥眼一看——不是别人,正是我那手足二姐。天哪!在这有半个台湾大的城市里,我们俩还真是默契十足呀!

到东京的第三天,大姐因公之便,和她的另一半也从台北赶来会合,真是全员都到齐了。隔天放晴,大伙迫不及待地先至御苑报到,和我们一般性急的本地人也不少,偌大的御苑挤得好不热闹。两千多株的樱也不负众望地都绽开了,在如云如霞的花海下行行止止,如梦似幻。不敢置信,盼望多年的夙愿真的得偿了,包括这场花事、包括这样的聚首。

成人后姐妹忙婚嫁、忙事业,在台湾,人要聚得如此齐都困难,何况异地同游?而且大家不欲点破的是,父母年事已高,出游于他们总是负担,谁也不敢问往后还有没有这样的机会。于是,我们在花海下照相,全家福的、姐妹仨的、父与女的、母与女的、祖孙的、姨甥的,各式排列组合,以花为证记录下这场聚首。

再访上野,从园首便见到席地而坐的人群绵延着整个公园,男男女女带着吃食、酒料坐在花下，谈着饮着，随着天色渐暗、酒意渐浓，那欢笑声便越趋恣意，有的索性唱起歌来，唱到尽兴处便舞了起来，那种属于大和民族的舞，简单至拙的舞姿，举手、拍掌、转身、跨步，再举手、拍掌、转身、跨步……赏者不厌、舞者不倦。这么一场热闹的"樱花见"，为什么却让人有繁华事散的怅惘呢？未等曲终人散，我便离开了上野公园。

走出上野公园不远，便是多摩川，我们踩着英寸深的落絮，走在河堤上，樱絮仍不稍歇地落在周身。颈背已佝的父亲携着外甥走在前头，听不清他们在说什么，但童稚的笑语始终盈盈于耳，因河边风大，提醒这一老一小加个围巾什么的，父亲回首时正好一阵风过，他那银白的发丝飞扬在漫天花絮间，是如此的神采，也似停格画面般静止了，不知为什么，一阵酸楚便涌了上来。

这是在东京的最后一天，也是旅程该结束的时候了。堤畔的樱似也知情地为我们演出这最壮丽的一幕，倾其所有地要我们记住这一切。

是的，我清楚记得，在那飞雪似的堤上，我们一步一步走过，走过春深的北国，走过一季的花开花谢。可想见来年春到，花事依旧，而我们这些异乡客何在呢？是的，好花自谢无以为凭，但我真的无法忘记这一场花事，无法忘记此生这一场最完满的聚首。

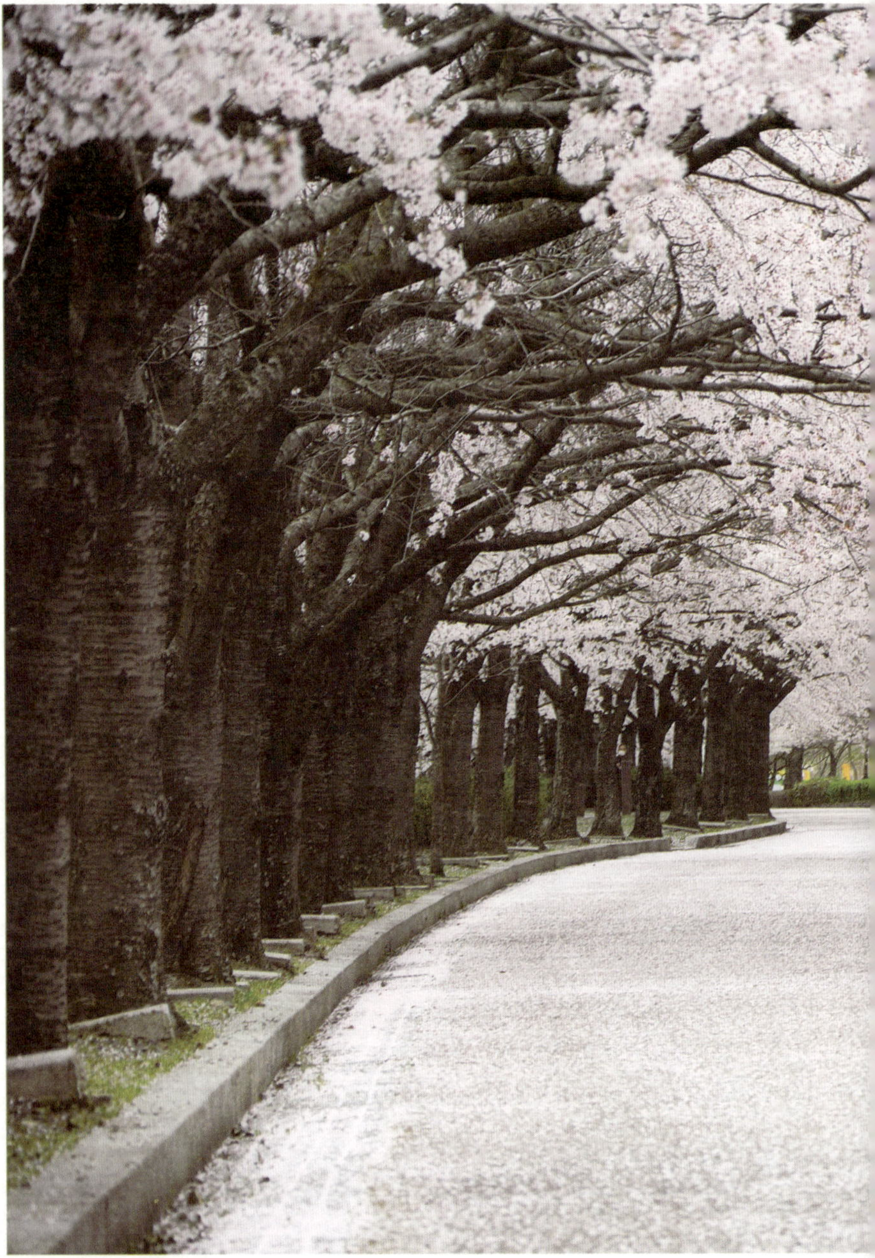

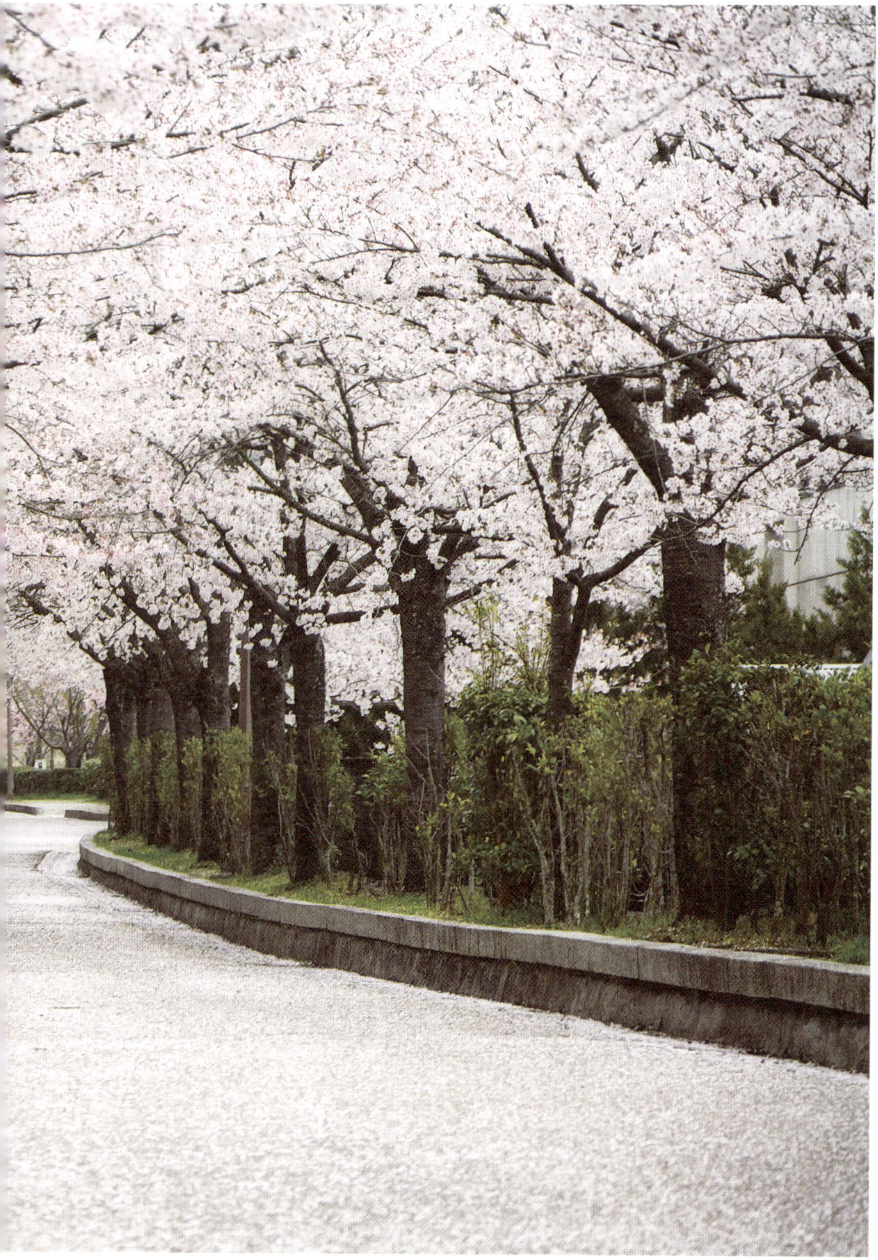

故土

父亲过世二十年了,之前陪他两次返回宿迁老家也已是二十五年前的事了,一直以为再难踏上这片属于他的故土,但今秋我们姐妹仨竟排除万难一起回到这父亲生长的地方。

这次能成行,主要动力是《他们在岛屿写作》纪录片的拍摄,上集谈的是父亲母亲,他们出生成长的苏北宿迁、台湾苗栗自是不可或缺要介绍的,外婆家铜锣已多次前往拍摄,待工作团队轮转无碍,便是拉队过海的时刻。

在南京工作数日,便往北移动来到宿迁,二十多年前,返乡行程不仅需绕道香港再飞大陆,连南京到宿迁也需花七八个小时才能到达,不能直飞,没有高速公路,那个年代回乡之路真是迢迢。如今行程若安排紧凑些,半天时间就可返还老家,若父亲还在,会是何等便捷。但中间省略了迂回曲折,心底也少了调适,以致乍然踏上这片父亲的故土,真是恍然若梦。

之前所做的功课,对宿迁的变幻已有心理准备,但真踏上这片土地随眼所见已不是"惊诧"能形容,二十多年前城区视野能及的楼高不过二层,如今往天际线望去,已是大厦林立,原本尘沙飞扬的黄土路,也被一条条纵横交错、宽广笔直的大道所取代。幸得绿化成功,

台北小巨蛋→ 南京三民 →→ 松山
禮讓進出
Give way to others
勿倚靠車門
Do not lean on doors
小心月台間隙
Mind the platform gap
B4

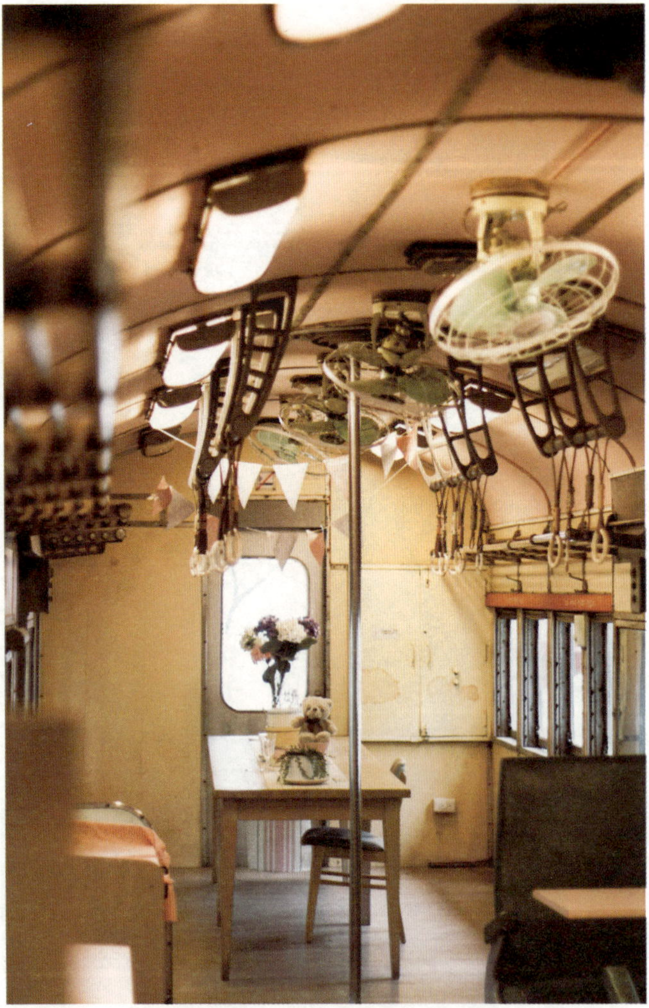

下交流道进市区的路上，银杏、白杨、栎树未间断过，市中心的茂密绿意更是布满每一个角落，尤其是古黄河边的堤柳，翠意盎然绵延好几公里，株株粗壮健硕都不似后来移栽至此的，可想见当初整治这大片河滩荒地保持了原有生态，不远处占地近四千亩的印象黄河，也处处可见这样的用心。

宿迁因黄河一路东来，在此常变异河道，甚至有一夜变迁的时候，便因此得名，后因运河夺水，这段黄河便成了无活水泉源封闭的水道，当地人称它古黄河、故黄河，也有废黄河之谓。虽说废，但在父亲童年时代，它仍是民生用水的来源，若庄里没打井，那么只得来这儿汲水、挑水了，所以父亲一生用水特别节约，即便在自来水供应无虞的台湾，他仍珍重每一滴水，轻易不糟蹋。

我们的祖籍是山东，是从曾祖父那一代才来到宿迁定居的，祖父更是赤手空拳在此建立家园。思想先进的祖父先后在城西开设牧场，进口荷兰乳牛，专门供应牛奶，也曾挖掘地窖并以炽火将四壁旱土烧得近陶瓷质地，冬季从古黄河取来的冰砖存放其中，敷以麦草及破旧的棉袄保持低温，入夏后即可制冰激凌、冰荷兰水应市了。

祖父育有八女三男，不仅男孩受到完好教育，女儿只要肯读书，也是无上限地培养。每逢学期始，邻里看着祖父一麻袋一麻袋地运钱为儿女缴学费都啧啧称奇，更不解花大把银钱让女孩读书所为何来，未曾读过一天书的祖父曾说："我家女孩是没有嫁妆的，唯一的陪嫁就是文凭。"在那样的时空背景，祖父的睿智真是走在时代的先端，而所有的姑姑也不负所望，悉数从师范学校毕业觅得教职，即便婚嫁后，也都是独立自主的女性，完全无须依附于人。

父亲是爷爷的幺子，是已抱孙的奶奶年逾四十才产下的老疙瘩，因此我们这一脉年龄不长，辈分却是极高的，不到三十岁回乡就被称作姑奶奶,此次回去更是被唤作姑太太,算算从曾祖落脚至此已六代,宿迁已不只是父亲生长之地,也是我们朱家落地生根开枝散叶的家园。

这次见面能到的亲人都到了,三十多个男女老少齐聚一堂,父亲看着会有多开心,他晚年除了埋首《华太平家传》的书写,便是和这些晚辈们通信,鼓励他们向学,和祖父一样,只要子侄们愿意读书,他都支持到底。喜欢阅读、写稿的,他也不厌其烦地剪报影印寄给他们;想投稿的,父亲也会为他们誊写繁体字寄到报社,这些事从未假手他人,都是父亲亲力而为的。

这次相聚,和我们姐妹同辈的仅存二堂哥庆明,以及三位堂嫂,都已到古稀之年,访谈堂哥时,他神态沉稳自若,事事过心好记性,让坐在身侧的我们仨直叹道和父亲是何等相似。第二次再会面,堂哥娓娓告诉我们在老家不兴"堂哥"这称谓的,直呼哥哥就可以了,腼腆的他约莫是酝酿许久才决定说出这话的。朱家除了雀斑显性遗传,另一便是害羞脸红,当下我们仨忙趁着堂哥羞红未烧至耳根,急急改口唤他"哥",尾音上扬带点土腔,这一唤,才醒悟世上原来真有位嫡亲哥哥一直存在着的。

其他子侄孙儿们,一样害羞腼腆,但含蓄中隐隐透露的真情却让人动容。一位同行的南通朋友,对苏北人原有她的定见,几次接触后,她不胜感慨道:这些朱家后代是她难得看到的纯良、憨厚,每次聚餐,长者身畔一定会有晚辈陪伴照顾,这在现在任何地方也不是寻常可见的。这些二十多年前还穿着开裆裤在泥土地上玩耍的孩子们,如今都已成家立业,虽谈不上荣华富贵,但都勤恳、踏实地生活着,我们仨都想着,父亲知道会有多欣慰。

此行还另有一任务，即近年宿迁文化部门一直想为父亲设一纪念馆，还曾亲来台北洽谈相关事宜，我们向来以为，创作者的作品就足以说明一切，所以对建纪念馆这事，一直不甚积极。

这次他们获悉纪录片返乡拍摄的计划，便十分关心并予以一切可能的襄助，从先遣部队勘景、食宿安排到车行出入，事无巨细，均安排妥帖。其间夏娇丽科长更是全程陪同，随我们上山下湖，随时给予协助，局长张莹也不时出现关照，负责文化宣传的尹者刚常委也陪我们一道探勘纪念馆可能设置的地点。

在占地广阔的印象黄河公园里，他们预设两处地方，我们姐妹仨一眼就相中了位于黄花槐片区的地点，那块地上，满是翻金的银杏，还有《诗经》中"投我以木瓜，报之以琼琚"的木瓜，状似苹果，颜色青绿泛黄，透着幽幽香气，远处的丹桂、金桂也逸逸飘香。前临古黄河，远有大片芦花荡，近有荷叶临岸，视野辽阔，我们姐妹仨互望一眼，无须言语，便知这会是父母喜欢的地方。原只是来看看再了解的事，竟也就这样定了。

此次拍摄当然以寻访父亲旧时足迹为主，但除了比父亲出生早一年建成可容纳六百人聚会的大礼拜堂，以及建于清末的仁济医院还有遗迹可寻，所有父亲口传、笔下的世界已渺不可寻。红砖瓦屋的老家夷平重建成六层高的楼群小区，爷爷奶奶长眠的小麦地也化身成繁华楚街，家族聚餐的状元楼便立在爷爷凿掘的老井之上，连庄稼人下湖耕作的空镜都得远赴骆马湖拍摄，因宿城区早已无人种庄稼了。

是会感慨眼前的沧海桑田人事全非，这连续几年获得文明城市适合人居、干净绿化到好似新兴市镇的宿城，尽管已和父亲的小说世界全不相涉，但这儿的亲人们活得好好的却也是最真实的事，即便年轻一代一样有买房贷款的压力，但在这崭新世界里，他们是如此有盼头地生活着，且以身为其中一分子为荣，那我们的感慨也就只是感慨了，相信父亲也是乐见自己的故里有如此大的进展。尤其当我在新颖、现代化的旅馆里哗啦啦地沐浴用水时，想到古早年代，抑或只是二十多年前汲水不易、物力维艰的光景，我还是为宿迁的乡亲打从心底里开心。

离开宿迁，亲人们都来送行，我拥着腼腆、已七十五岁高龄的哥说："要顾好身体，要注意天气变化，千万别让气喘旧疾复发，我们会再回来的，一定会再回来的。"这是说给他听，也是说给父亲听的，说给已离世二十年却好似时时仍在我们身畔的父亲听的。

图书在版编目（CIP）数据

生命中那些闪亮的日子 / 朱天衣著 . – 北京：北京时代华文书局，2021.10
ISBN 978-7-5699-4393-1

Ⅰ.①生⋯ Ⅱ.①朱⋯ Ⅲ.①散文集 – 中国 – 当代 Ⅳ.① I267

中国版本图书馆 CIP 数据核字 (2021) 第 179474 号

北京市版权局著作权合同登记号　图字：01-2021-0821

中文简体字版 © 2021 年，由北京时代华文书局有限公司出版。
本书由朱天衣正式授权，经由凯琳国际文化代理，由北京时代华文书局有限公司出版中文简体字版本。非经书面同意，不得以任何形式任意重制、转载。

生命中那些闪亮的日子
SHENGMING ZHONG NAXIE SHANLIANG DE RIZI

著　　者	朱天衣
出 版 人	陈　涛
责任编辑	田晓辰
执行编辑	来怡诺
责任校对	张彦翔
封面设计	RECNS recns@qq.com 装帧设计
版式设计	段文辉
封面插画	HoHo 猴
责任印制	訾　敬

出版发行	北京时代华文书局 http://www.bjsdsj.com.cn
	北京市东城区安定门外大街 138 号皇城国际大厦 A 座 8 楼
	邮编：100011　电话：010 - 64267120　64267397
印　　刷	三河市嘉科万达彩色印刷有限公司　电话：0316-3156777
	（如发现印装质量问题，请与印刷厂联系调换）
开　　本	880mm×1230mm　1/32　印　张 | 7　字　数 | 178 千字
版　　次	2021 年 11 月第 1 版　印　次 | 2021 年 11 月第 1 次印刷
书　　号	ISBN 978-7-5699-4393-1
定　　价	52.00 元

版权所有，侵权必究